靈視筆記

米迦勒 （Annie） 著

天空數位圖書出版

代序一

　　靈界－－相信很多人也半信半疑，有疑問者，多是從來未見過或感受過靈體存在的人，才心中存疑。但怪異的是，很多人都相信自己有一個靈魂，是主宰自己一切言行舉止的，是自己身體主要的部分，但卻偏偏又否認這個世界的鬼神論，認為這個世界只有人。對於神佛那些傳說，卻認為是一些江湖術士賺錢的技倆而已。那究竟這世界上，是有鬼還是沒有鬼呢？

　　本書的作者，是一位我認識了很多年的朋友，對於她的一切，我都很熟悉，知道她打從很小的時候，因著本身天賦的異稟，一對眼睛能夠經常看到鬼魂的存在，是確確實實的看到，而不是迷迷糊糊的感覺那種，這個異稟，我們都有一個俗稱，叫作[陰陽眼]。我的好朋友，亦因為這一對陰陽眼，由童年開始，便過著與常人不一樣的生活，她多年來與靈界不同的接觸，對靈界的體驗，比一般人多上了不少，而書上的故事，有部分是她自身的童年真實經歷，透過文筆，大家不難看出，她所描繪的一些事 ，是非常的細緻的，不是親身經歷過，是很難寫出來的，也是因為這些事件，在她心靈內，落下了一個很深的烙印，以致這麼多年，還能夠每一個細節都記得清清楚楚。她選擇執筆，描繪這些來自靈界的事

件，亦是希望大眾對靈界有一個確切的看法，希望能讓一些還在疑惑的朋友多一個想法。

ET 媽媽

代序二：三個驚喜

親愛的：

妳知道嗎？我等了這一天快一萬年了。等了又等，很高興我終於等到了！去年一個晴朗的日子，手機突然傳來妳的書稿——一本屬妳的書，妳早就值得擁有——終於讓我盼到了！驚喜心情猶在我心盪漾之際，手機又彈出信息，妳想找我寫代序，而這部作品竟然是鬼……故……第二浪驚喜，對我來說真箇是真心「驚」！

妳知道嗎？老老實實，我是從不看鬼故的，而且也從出版工作上半退下來了。然而，誰叫我跟妳老友鬼鬼，還蒙你厚愛，對妳的「書BB」先睹為快呢？親，為了妳，我只好硬著頭皮，狠狠地豁出去了！

妳知道嗎？遠在初中時，妳一篇刊登在《學生報》為社運發聲的文章，早讓我驚艷不已。蟄伏多年，如今妳的文字飄洋過海，從香港到台灣，作為老朋友的我，很高興妳的作品能夠在彼岸的文化土壤中重新出發。

妳知道嗎？讀著平生「不相往來」的鬼故，我倒感到文如其人。書中文字清脆利落，故事情節緊湊明快，即使在陽光普照的大白天，撲臉而至的寒氣也一陣又一陣地爬上頸背（我十分慶幸

是上午收到書稿，下午看完）。在籠罩著儡人寒意的世界中，卻浮動著絲絲哀愁和悲慟，令人掩卷神傷。這便是作者以細膩的筆觸，讓讀者感到人間內內外外，萬物皆有情。

　　妳知道嗎？在我誠惶誠恐讀著妳的第一部作品時，心裡已暗暗期待第三個驚喜——妳的第二部作品。不過，親愛的（弱弱一問）下一部作品可否別再讓我嚇到飽？只要是妳的作品，無論是人間內或外的故事，都是值得等待的，只是別讓妳的讀者等太久啊！

　　等妳！

安至仁

2020 年春

目錄

楔　子

一個穿著國中校服裙的長髮女生，躺在地上左右的翻滾，一雙手臂不規則地擺動，某些角度完全不是正常人可以扭成的角度，而兩條纖細的腿時而大大的張開，時而緊緊的合起來。長髮女生口中發出低沉的"嗥嗥"吼叫聲，恍惚像野獸一樣，沒多久又會發出痛苦的呻吟聲。

小柔拿著十字架貼在長髮女生的額頭上，另一隻手扶著女生的頭部不讓她移動。小柔口中反覆交替地唸著經文和禱詞，突然長髮女生的身體往上頂上來就像拱橋一樣，四肢都往外拉，她的面容變得扭曲、猙獰瞪著眼睛：她的眼白部分不是正常白色的，而是深棕色近乎黑色。

小柔雙眼立即避開長髮女生的注視，那女生反而"咯咯"的聲音笑出來，女生的聲音不是嬌柔的，反而像男人一樣粗糙帶沙啞的。

「妳不看就以為沒事了嗎？憑妳就可以將我們趕走？妳太天真了吧！哈哈哈…」

一陣像雨水的聖水灑向女生身上。「啊啊！痛…好痛！不要再灑了！我們是不會離開的！」女生的身體一直在痛苦的扭動著，而站在旁邊觀看著的包神父，放下手中的聖水盅，然後捧起一本很厚的經書，翻開其中一頁，口中開始唸著拉丁文的禱詞。

「啊，我們不甘心，不甘心離開這個青春的身體！啊啊啊啊…我們一定會再回來的，小…柔…啊啊啊…妳逃不出我們的糾纏…啊啊…」

那一把粗糙的聲音不停地在狂叫呼號，不多久長髮女生就完全不動，只剩胸口微弱的起伏。

「已經沒事了，妳張大眼睛看看我吧。」小柔細心的整理頭髮披面的女生，輕聲的安慰著她。女生慢慢的張開眼睛，眼淚也跟著流下來。女生的眼白部分回復了正常的白色，小柔輕輕的將她扶起來，包神父也放下經書過來幫忙。

「小柔，看看周圍有沒有發現它們？」

小柔環顧四周搖搖頭說道：「沒看到任何的黑影。它們應該被趕回地獄了吧！」。

「希望吧！妳知道它們有多狡猾的，我們還是要留意她幾天比較安全」包神父皺著眉看著坐在地上的國中女生，小柔點點頭，然後倆人一起扶著國中女生離開這個陰暗的房間。

當他們離開後，房間四周的牆壁浮現了好幾個黑影。就在此時，小柔和包神父他們剛好走出教堂，忽然感到一陣暈眩，並且背後一股冷風吹來，讓小柔忍不住打了一個寒顫，彷彿有什麼在

呼叫著她，她慢慢的回頭看著教堂。包神父也走到小柔身邊關切地問：「怎麼了？是不是發現了什麼？妳還好吧？」。

小柔搖搖頭道：「我沒事，只是覺得有點冷，我們快帶女學生回家吧！」。

包神父見小柔沒什麼事就繼續扶著女學生到車上，但是小柔一副憂心忡忡的一步一回頭看著教堂，包神父忍不住再一次問她道：「妳是不是發現什麼了？妳不要隱瞞我啊！」。

小柔無奈地看著教堂道：「我不敢確定剛剛我們是否已經成功地將魔鬼驅走了，因為我仍然感到它們仍然留在剛剛的房間！」。

包神父聽後，神色凝重的看著女學生道：「一般的驅魔祈禱都不是一次可以完全驅走的，都要做幾次才有機會完全驅走，這幾天我會留意女學生的狀況，萬一情況有變，我們再做一次驅魔祈禱吧！」。

小柔點點頭坐到車子的副駕上，包神父也回到車上開車離去，當車子駛到街道上時，一直安靜地坐在後座的女學生突然怒吼一聲：「咕咕咕…你們以為那麼簡單就可以驅趕我們嗎？哈哈哈哈…實在太天真了…情願毀掉這具軀體，也不會讓你們成功…哈哈哈…咕咕咕…」。

　　女學生說完就拉開車門直接跳了出去，包神父立即停車，但還是慢了一步。「嘭」的一聲，對面線剛好有車子駛過來，司機沒法及時停下來，直接撞上女學生。女學生被撞飛差不多十多公尺，身體嚴重扭曲，嘴巴不停的吐出血來，但是她的眼睛死死的瞪著小柔，嘴角也微微地往上，臉容呈現出說不出來有多詭異。

　　這一起突發事故發生得太快，不到幾秒鐘前還是柔弱的身體，現在變成一具詭異的屍體！小柔下車時剛好看到這一幕，忍不住尖叫起來！包神父立即抱住她的肩膀，不停在她的耳邊安撫著……

靈視筆記

故事一：

九歲的靈界初體驗

　　小柔因為父母工作的關係，從兩歲開始就寄住在阿姨的家庭中。阿姨一家有五個小孩，卻只有姨丈在外工作，因此以他們的經濟能力，只能租住在政府的房屋。

　　政府的房屋地方不大，所以阿姨他們沒有將房子間隔成睡房，而只用衣櫥和布簾分隔睡覺和生活的地方。因為小孩太多而地方狹窄，雙層的床也只能放兩張而已，所以姨丈和年紀大的表哥們都要睡在放有帆布床的客廳中。而小柔就睡在靠近大門的雙層床的下層；因為她年紀最小，所以並沒有用到布簾，也比較靠近姨丈的帆布床，這樣好方便照顧小柔。

　　平時家裡都是靠阿姨照顧家中大小事宜，雖然小柔年紀是最小的，但上課下課也只能讓她自己走路，幸好學校也在附近。故此，小柔自小就被訓練成獨立和忍耐。但是九歲的一場靈異經歷，讓小柔的生活徹底改變！

　　一個炎熱無風的晚上，小柔熱得一直流汗，身體黏黏的好不舒服，因而完全無法入睡，撐著一雙無聊的大眼睛東張西望，聽著最接近她的姨丈的打呼聲，和不遠處的表哥們的打雷聲。

　　突然，小柔被靠近大門的鏡子反射出來的紅光所吸引，而鏡子剛好和小柔的床在一個對角線的角度，那紅光其實是從神櫃的長明燈所發出。

「這晚折射出來的光和平時的很不一樣啊！」小柔心裡在嘀咕著。不知道是無聊還是太有精神，小柔開始更專心地看著鏡子，找尋那不一樣的源頭。

看著看著「啊，我知道啦！」小柔心裡興奮地歡呼了一聲。原來今天晚上土地公公的長明燈熄滅了！難怪神櫃的下層都變成漆黑一片。

當小柔找到了不同之處後，正打算繼續她無聊的張望時，鏡子反射的漆黑空間，突然變得有點不一樣，小柔的眼光重新集中在鏡子那邊。「怎麼那黑黑的空間會變得如此實在呢？」小柔的腦中浮現了奇怪的想法，「咦！怎麼那不是空空的嗎？怎麼變成像頭髮一樣的！？」。

小柔開始不相信鏡子的反射出來的影像，移動著身體往外看，想看真實的畫面。因為她的床和神櫃成一直線的，所以一定要將身體往外挪動。但她看到的是一個穿著白色的袍子，有長長的黑頭髮，躬著身體面向土地公公，又一直慢慢的搖著頭，不知道在做什麼，小柔的好奇心頓時升起，更加專心的研究那個穿白袍人的動作。

突然，那個白袍人的身體顫動一下，整個空間好像停滯了，連睡在客廳帆布床上的姨丈和表哥們的打呼聲都消失了。這突如

其來的氣氛改變，讓小柔的身體不經已的繃緊起來，眼睛緊緊的盯著那白袍人，因為那人已經沒有之前的動作，而是靜止不動。而黑色的頭髮開始緩緩地向鏡子的方向移動，直到鏡子的底部。

小柔看到後，忍不住驚叫一聲，卻發現自己的喉嚨沒辦法發出聲音來，這讓小柔覺得恐懼萬分，想讓身體移動，也發現自己竟然動彈不得。

黑色的頭髮已經從鏡子那邊慢慢地移動到小柔的床下，而那個白袍人的頭部也慢慢地轉向小柔。小柔的心跳聲已經大到連自己都聽得清清楚楚，嘭嘭的聲音在她耳朵內清晰地演奏起來，汗水也滲透了她的頭髮，但是她的眼睛一直不能合上，只能乾瞪著以下的情境。

那些黑色頭髮已悄悄地爬上了小柔的床，尤如蚯蚓一樣朝著她的小手進發。而那白袍人的頭卻用一般人不能用的一百八十度轉過來，將它的面貌完完全全面對著小柔。

小柔看到一個面容已經完全潰爛了，面頰的肉已經爛成東一堆西一堆的掛在頭上，它的眼球有一支已經掉下來，只有眼球後面的肌肉連接著，所以才沒有完全脫離眼眶。而另一支眼球一直緊盯著小柔，它的口已經沒有了嘴唇，只剩下白森森的牙齒，而牙齒中間夾著放在神櫃的貢品殘渣。

　　小柔心裡已經瘋狂地喊叫著；因為仍然不能發出聲音，身體也不能動，所以只有頭腦瘋狂地擺動，完全處於無助的境地。

　　突然小柔覺得手腕一緊，好像被什麼東西縛著，她驚恐地發現那黑頭髮已經纏著她的手腕，下一秒，那白袍人的面容已經貼在小柔的面上！這一突然狀況，小柔已驚得流了一身汗水。

　　白袍人的眼睛一直看著小柔的眼睛，一動不動，漸漸地，因為小柔和白袍人靠得太近，她看到白袍人的眼睛裡一閃一閃的，小柔好像看到什麼，開始專心的看著眼睛內的閃光，也開始忘卻那份驚恐。

　　小柔意識開始變得模糊，她好像看到一些影像，好像看到她的阿姨，而阿姨一直用不耐煩的表情對著她，也對著她說話，但小柔一句也聽不到。阿姨的表情是很不好的，像生氣又像嫌棄，更多的是不滿和不耐煩。

　　然後，阿姨又餵她喝一些黑黑的水，就像平時生病時喝的中藥一樣，但喝完後，小柔覺得肚子很痛，痛得無力，只能癱軟在床上。後來又看到姨丈很苦惱地看著她，但又很傷心的感覺。

　　小柔心裡想，這是做夢嗎？因為阿姨和姨丈從來沒用過這些表情看著她的，縱使她做錯了事，也沒有這些表情的，想著想著，小柔就漸漸地睡著，之前發生的恐怖事件，彷彿就像是一場惡夢。

　　第二天醒來，小柔立即查看自己的手還有沒有頭髮糾纏著，也看看鏡子裡那個白袍人還在不在，但是一切都消失了，姨丈和表哥們還在睡。「奇怪啦？」小柔心裡嘀咕著，「昨晚到底是我做了惡夢還是真的有發生什麼了嗎？」小柔只好起床去梳洗，那時她背後的鏡子突然閃了一下，一個模糊的黑影慢慢地浮現出來。

　　這次事件困擾了小柔好幾天，雖然這幾天晚上，那個白袍人沒有再出現過，但是在她小小的心靈中已經對黑夜充滿了恐懼。之後小柔每天晚上睡覺時都面向牆壁，都不敢看那鏡子。而土地公公的長明燈也已經修好，好像一切都回復正常。但奇怪的是出現在鏡子裡的黑影卻越來越多，但都是趁小柔沒有留意鏡子時才出現，就像是在觀察小柔一樣。

　　到了週末，小柔的父親都會接小柔回家歡聚天倫。晚上睡覺時，小柔向媽媽提出想要一盞小夜燈的要求，媽媽覺得好奇怪，小柔從來都不怎麼怕黑的，怎麼會突然有這個要求，便試探的問小柔：「怎麼了，平時我家的小柔膽子好大的啊！怎麼突然變小的呢？最近阿姨家中有什麼特別的事發生了嗎？」小柔聽到媽媽

的詢問，這幾天一直繃緊的神經，一下子就爆發了。嘩的一聲，然後就大哭起來。小柔這樣激烈的反應，讓媽媽覺得很嚴重，就緊張的問小柔：「誰欺負妳了，是表哥他們嗎？他們都已經是國中生了，還欺負妳這個小女孩嗎？不要怕，全都告訴媽媽，我會跟阿姨了解事情的。」。小柔聽到媽媽誤會了表哥他們，就趕緊收起淚水，哽咽說道：「不關他們的事啦，是我…是我做了一個好恐怖的夢！」小柔怕媽媽誤會更深，不敢說出那個晚上的經歷。但是媽媽聽完後更不相信：「做了惡夢也不會怕成這樣子的，小柔妳不要怕，坦白的和媽媽說出來！」。

於是小柔只好將那天晚上發生的一切都告訴媽媽。小柔以為媽媽知道後會告訴她只是做了一場惡夢，結果是媽媽一直沈思著，然後和小柔說：「好吧，媽媽會買小夜燈給妳的，但現在太晚了，電視就先不要關著，就當作小夜燈，妳快睡吧！」因為小柔家也是政府的房屋，所以他們也沒有間隔睡房。媽媽說完後就一直沈默著看電視，連爸爸的詢問，媽媽也不理睬。

幾天後，小柔已經回復正常，那天晚上的事情彷彿是一場夢。

這天中午下課回家，剛進阿姨家門，阿姨就沒頭沒尾的打了她一巴掌！然後就瘋了似的去罵小柔：「妳這瘋女孩，對妳媽說了什麼瘋話！說我家鬧鬼，還說我餵妳喝黑水，妳亂說什麼來誣

蔑我？」小柔流著眼淚，撫著又痛又熱的面頰，一臉無辜的看著平時疼愛她的阿姨，很受委屈說道：「我沒有說瘋話啊！那天晚上真的看到那個恐怖的白袍人，我也不知道它是什麼東西。原來它是鬼啊！」阿姨聽後，看著小柔又紅又腫的面龐，大眼睛流著淚水。嘆了一聲，柔聲對小柔說：「好啦，小柔乖，妳以後不要再對別人說那個鬼的事情了，因為我們家沒有那種髒東西，好不好？」。

　　小柔看到阿姨回復平時慈愛的樣子，就一直猛點頭說：「好的，我不說，以後都不說！阿姨妳不要生我的氣，好嗎？」阿姨無奈地笑著，輕輕的撫著小柔的頭髮說道：「阿姨沒有生氣，是我一時激動不小心打了妳，來吧快吃午飯，然後做功課吧。」小柔乖巧的回應知道啦，就乖乖的去吃午飯，但是在她的小小心靈裡，卻已埋下了很多的疑問。

　　這一次的靈異經歷對小柔來說好像已經告一段落了，雖然仍然有很多疑問沒有得到答案，但是小柔已經答應了不再對別人提起，所以她只當成是一個惡夢。

　　做夢也想不到，這一次的經歷只是一個開始，小柔一種特別的天賦開啟了，往後她會遇到更多的靈異事件。

　　話說回來，直到小柔成年以後，阿姨得了癌症，只要有空她就會去探望已住醫院的阿姨，畢竟小柔的童年都是由阿姨悉心照顧她的。幾個月後，阿姨已經到了病危之際，小柔守候在病床旁陪伴著阿姨。剛好是午餐時間，親人們都離開病房去午膳。小柔因為不想在這敏感時期沒有人陪伴阿姨，所以自動請纓留在病房。

　　突然阿姨抓著小柔的手輕聲地說：「小柔啊，妳小時候看到那個髒東西，應該是我家的婆婆啊…咳咳…當年她病了很長的一段時間，都是由我在照顧的，那時候妳的大表哥才剛滿兩歲，我剛好懷著妳的二表哥，所以當時我的情緒變得很差，對她的態度也不好…咳咳…到最後她是病死在妳以前睡的床上。不知道是否她仍然對我心懷怨恨…咳咳…所以才在妳面前出現呢！而且我餵她喝的是…咳咳…是一般…咳咳…一般的…中藥啊…咳咳咳…咳咳…」。

　　小柔輕撫著阿姨的胸口道：「阿姨不用再說了，妳先休息吧，事情過了很久呢，我也不太記得了。」阿姨一直咳嗽，也不能再說話。只是她的表情充滿了歉疚，小柔看著她，也不知道如何安慰阿姨。

　　因為當年的情境在小柔心中仍然歷歷在目，那些影像小柔不敢妄自推測，但是那一碗藥…肚子的痛…想到這裡，小柔的背部

有種寒意悄然爬上，她也不敢再想下去。過不了幾天，阿姨也撒
手人寰，一切的答案也只有隨著阿姨入土了。

故事二：

十三歲鮮紅色的哀怨

一晃眼小柔已經到了荳蔻之年了，也是一名國中生，足可以簡單的照顧自己，所以父母要求她搬回家住。但是童年時期始終不是和父母同住，又加上青春期的叛逆，回家後的小柔和父母的關係反而變得疏離。

『又到聖誕！又到聖誕！…』電視機響起了聖誕節的歌曲，那是廣告的宣傳策略來提醒人們佳節快到，要去買禮物消費。這一晚就是為了禮物的問題，小柔和父親大吵了一場。事緣是小柔的舅舅送給她一個最新款的隨身聽，小柔收到後很開心，因為家境不是很好的小柔，平時玩具也比別人少的，現在有一份連同學們都羨慕的禮物——隨身聽。也是她的第一個隨身聽，可想而知小柔為了這份禮物有多興奮。然而這禮物也讓父親覺得好奇和有趣，結果是被父親充公了！

這一次小柔力爭到底，怎樣也不能送給父親，最後竟被父親送了一巴掌兼一句不孝順父母就拿走隨身聽！小柔只能撫著臉龐，滿心的無限委屈，爬回上層的床——她的小天地中啜泣！

小柔哭到累了就不知不覺的睡著，時值十二月，晚上的寒風吹起來特別的刺骨。突然一陣寒風吹來，讓已經熟睡的小柔渾身一震，揉著睡眼慢慢張開，摸摸自己被風吹得冰冷的身體，正要找尋厚厚的棉被再入夢鄉時，一陣便意襲來，小柔無奈的爬下床

去廁所。下床後發現溫度變得更低，只好急步的走到位於陽台的廁所解決便意，並且連門也沒關上。

正當小柔坐在馬桶上小解時，雙眼無聊地往窗外觀看。窗外的大廈外形是長方形，和小柔住的一樣，都會有一個陽台，所以整棟大廈都是密密麻麻的。夜已深了，只有漆黑的天空和少數的星星在閃爍，家家戶戶也關燈睡覺了。她看到對面的大廈大部分都是暗暗的，只有少數的陽台會亮著昏黃的陽台燈。

在這萬籟俱寂的晚上，小柔無聊地數算著還亮著燈的陽台，一直算著…算著…突然看到有一戶陽台的燈光不是暗黃色的，而是刺眼的紅色！這讓快要睡著的小柔精神一振！因為…因為…這紅光實在太熟悉了！

小柔立即低下頭不去看那發出紅光的陽台，然而好奇心啊！真的能害死貓兒呢！抵不住好奇心的誘惑，小柔偷偷的去看那紅光陽台，一看之下發現陽台上竟然站著一個女人！「啊！危險啊！」心裡一陣驚呼。小柔顧不得自己的往事記憶，立即站起來靠近窗邊，想看清楚那個陽台上的女人到底在做什麼。

那個陽台的樓層應該比小柔住的層數更高，不是正對著小柔的家，而是偏左邊的。小柔一直留意那女人的狀態，因為真怕她會直接跳下去。正當小柔想著要不要打電話報警時，卻發現有些

不妥；怎麼這個女人那麼巨大？她的衣服好像佔據了整個陽台的。小柔家的陽台是包含廚房和廁所的，所以它的寬度起碼有十多呎的，因而覺得那女人的衣裙實在太大了！當小柔全神貫注地看著那女人時，廁所內的鏡子默默地起了變化，一個一個的黑影浮現在鏡子中。小柔完全沒察覺到異樣。

小柔發現那女人是穿著連身紅衣裙的。「難怪那麼紅噹噹啦！」一副終於明白了的樣子，然後更仔細的去觀察那女人，同時間也去看那女人的樣子。

「她好美麗啊！」小柔從心裡讚嘆那女人的美麗，而她的美麗連電視電影的女明星也及不上她的一半！再看清楚些，發現那女人的表情帶著哀怨，再轉為憤怒的，令小柔的皮膚起了雞皮疙瘩！而且她更發現那女人的眼睛竟然是流著血的！等等！不止眼睛，連鼻子、嘴角和耳朵都是流著血的！原來那女人的面容是七孔流血的！

「啊！原來她不是人是鬼啊！」小柔用手掩著嘴吧，生怕會驚叫出來。她開始後悔去留意這個紅衣女人了，不，是女鬼才對，正想轉身跑進屋子時，才發現因為實在太害怕，小柔的雙腳不聽使喚沒法移動，只能直挺挺的站在窗邊。

這時小柔更看到那紅衣女鬼的手慢慢的從衣袖中伸出來，那白皙無瑕的肉臂慢慢的往前伸出，長長的手指甲是塗著鮮紅色的指甲油，整個身體也往前衝，面容也變得凶惡，讓人感覺到在她對面有一個她極度憎恨的人，一副急欲往前飛撲殺死她的模樣。

一陣颼颼的風聲吹起，小柔身體忍不住在顫抖，不知道是心中的恐懼還是氣溫的寒冷，她的雙腿也抖過不停，正當不知如何是好時，突然發現那女鬼本來是看著正前方的的眼睛，現在眼珠卻慢慢的往小柔的方向移動，並斜視著她。

「不好了，我好像被發現了！」小柔即時大大的打了一個冷顫，心中哀嘆著！

這讓她想起童年那個恐怖的回憶，更激發起小柔逃跑的衝動，她奮力的邁開雙腿，轉身往房裡跑。剛轉身的時候，忽然聽到『嗚嗚』的風聲，像極一個女人在哀哭。跟著身體好像跌進冰庫一樣，冷得像冰條！

「慘了，她是不是已經在我背後呢？」

小柔只是揣摩著但不敢往後面看，卻發現右邊的肩膀多出了一隻塗滿紅色指甲油的手，慢慢的從後面伸過來，像是要抓住小柔的肩膀！這時她被嚇得什麼也顧不上，「啊」的一聲拔腿就跑

21

回床上，用棉被蓋著頭躬著身體，嘴裡喃喃地說：「我什麼都看不到，什麼都看不到……」。

「好熱啊！」正在放暑假的小柔，打開冰箱尋找冰水來喝，冰水從喉嚨流進到胃的過程中，那冰涼的感覺隨之散發開來，這讓小柔舒服了一陣。當她享受著冰水，眼睛瞄到桌子上那一堆金銀衣紙，想起媽媽早上上班前的吩咐：「小柔，今日妳先將金銀衣紙疊好，晚上要用來燒街衣[1]用的。」小柔無奈地開始這工作，雖然不是什麼粗重工作，但這幾年小柔已經信了教，實在不太想踫這些拜神用品，覺得會和她的信仰有所抵觸的，但是媽媽吩咐的又不能不做。

忙了半天小柔終於做完了，媽媽也剛好下班回來準備晚飯。

「小柔，今晚是盂蘭節[2]，妳先到門外走廊將衣紙化了吧，我還要煮飯。快起來啊，不要只顧看電視，等等妳爸回來看到了，又罵妳呢！」

---

[1] 「燒街衣」是香港自開埠以來一直保存至今的民間風俗，目的是讓那些無依的孤魂有衣物禦寒，有食物裹腹。

[2] 盂蘭節又稱盂蘭盆會，起源於佛教中目犍連尊者依釋迦牟尼佛開示。傳說故事起源於目犍連尊者設盆齋僧，為使其母脫離餓鬼道的典故。指解救正在受苦的餓鬼。相傳每年農曆 7 月 14 日，鬼門關大開，俗稱「鬼節」，傳說指由農曆 7 月 1 日起，地府中所有的無

　　小柔聽到要到門外走廊燒街衣，已經一千個不願意了。但聽到爸爸回來又會被他責罵，多不願意的心情，也只能收起來，拖著無奈的腳步，慢慢的走出門外，將那些金銀衣紙都掉在化寶盆內。

　　「咳咳…咳咳…怎麼那麼大煙啊？」

　　廚房傳來媽媽的聲音：「小柔，將大門關上，妳在外面化完衣紙才好進屋啊！」。最後媽媽大聲的吩咐著，小柔聽後輕嘆了一聲將大門關上，剩她一個人在走廊上。

　　小柔住的政府房屋都是有著長長走廊的大廈，走廊兩邊都是住戶，而她住的那棟大廈的走廊是最長的，兩邊加起有一百多戶。因為走廊太長，所以當中分有三個階梯口，而小柔的家在第一和第二階梯口中間的一段。

　　正值晚上七點多，也是最多人下班下課回家的時間。但今晚有點安靜，走廊只有小柔一個人在燒街衣。小柔左顧右盼，也發現今晚和平時有點不一樣。

主孤魂全部被釋放，可在人間徘徊一個月，接受人們的祭祀至 7 月 30 日，鬼門關會再度關閉，鬼節的節期亦就此結束。

「奇怪啦，今晚怎麼那麼安靜？平時隔壁的叔叔也是這時間回家的。」

小柔心裡嘀咕著：「快點燒啊，可不想一個人站在走廊上，今晚有點嚇人呢！」。

就在此時，突然一陣陰風吹來，隨著陰風還夾帶著『嗚嗚』的風聲。小柔即時從背部升起一股寒意，禁不住打了一個冷顫，她立即環顧周圍。喃喃地說：「今天明明很熱的，怎麼會有寒風吹起？」。

只穿著小背心和短褲的小柔環抱著自己四周張望，突然間看到最遠的階梯口好像有一個人影，但是那個人影好奇怪，好像緊貼著牆壁，但又飄飄蕩蕩的，似遠還近……

小柔集中她的視線，想看清楚那個人影，突然一縷紅色的衣袖飄入小柔的眼中。大半年前那個恐怖晚上，刷的一聲讓小柔想起來。陰風這時又起來，那『嗚嗚』的風聲越來越大聲，就像一個女人在哀哭。小柔嚇得將所有衣紙都丟到化寶盆中，然後大力拍著大門「媽媽，我燒完啦，快開門啊！」原來小柔忘記帶鎖匙出來。

　　小柔一邊拍門，一邊留意著那個人影，發現那人影沿著牆壁往她那邊移動了，而且移動的速度也加快了好多。小柔更激烈的拍門，祈求屋內的媽媽可以解救她現在的處境，但是屋內的媽媽彷彿消失了一樣，完全沒有反應，這樣大力拍門，媽媽不可能聽不到的。

　　那個人影越來越清晰了，但是感覺是重重疊疊的，好像不止紅衣女鬼一個。小柔已經看到那烏黑發亮的頭髮，那個美豔絕倫的樣子又出現在小柔面前。小柔渾身發抖，眼淚忍不住流下來，開始胡言亂語：「我什麼都看不到…什麼都看不到…」。

　　那紅衣女鬼又伸出了她的手臂，小柔這次嚇得只呆站著，卻是一直發抖，終於那雙塗滿紅色指甲油的手緊緊地抓住小柔的肩膀，但是小柔看到不止那一雙手，還有很多雙黑黑的手也抓住小柔。那美麗而又七孔流血的臉龐漸漸靠近她的臉。這一次她努力的讓自己保持冷靜，卻看到紅衣女鬼身後卻多了一些黑影，小柔見到後越發控制不了身體的抖震。

　　和九歲那年一樣，那紅衣女鬼的臉貼在小柔那張充滿了恐懼的臉上，眼睛一直看著小柔驚恐的眼睛。小柔背靠著家中大門，整個身軀完全繃緊，口中也不能發出任何聲音，現在的小柔和一隻待宰的羔羊沒什麼分別。

　　小柔被迫的看著紅衣女鬼的眼睛，她的眼睛內一閃一閃的，小柔開始集中注視著，看到好像有一個人影，小柔意識開始變得模糊……

　　小柔背部和頭部一陣劇痛，卻看到一個男人將她重重的摔倒在地上。小柔跌倒在地上後，一直往身後退，而那男人用一種色迷迷眼光看著她，然後他的大手就開始拉扯撕爛她的衣服，小柔看著那紅色的碎布在空中飛舞。當那男人在她身上活動時，小柔專心看著周圍的環境，因為不想感受那個男人帶給她的痛楚和屈辱。

　　她發現這房間好骯髒，也看到旁邊有很多個竹簍堆放著，這些竹簍對小柔來說再熟悉不過了，那是每晚清潔工來收垃圾用的竹簍啊！小柔知道這個房間是什麼地方了，就是每個階梯口旁的垃圾房！

　　那男人站起來了，抽著褲頭再點上了一根煙，小柔看到他的嘴巴在動，好像在說話，但是一句也聽不到。而那男人的樣子，小柔也看清楚了，樣子覺得有點熟但想不起是誰。男人轉身往竹簍不知道在找什麼，當再轉回過來時，手裡多了一塊長長三角形的玻璃碎片。這時小柔驚慌起來，忍受著身體的疼痛要站起來，但是那男人的速度更快，一面露出猙獰的笑容，一手將小柔按回

地上，另一手拿著玻璃碎片往小柔肚子、眼睛、耳朵一直插、一直插……

　　強烈的痛楚讓小柔承受不了，就歇斯底里地了尖叫出來，兩手也一直揮動，想阻擋那男人對她的殘殺。突然小柔的兩手被捉住，這讓她一下子清醒過來。張開眼睛的小柔，影入眼中的是她爸爸擔心的面孔。看到爸爸後小柔整個放鬆下來，眼淚就不停流下來，爸爸將小柔扶起來，一臉不高興的問道：「妳怎麼睡在門口，還在亂叫一通，幸好我剛好回來，不然吵到鄰居的話，妳說會鬧出多大的笑話來！」。

　　小柔一邊道歉一邊偷眼看爸爸身後的走廊，看看那紅衣女鬼在不在，奇怪的是走廊都是下班下課的人群，女鬼完全消失無蹤。這時媽媽也將大門打開了，看到小柔父女倆就說：「飯菜已經煮好了，快進來吧，小柔妳怎麼花那麼長時間燒衣啊？」。

　　「她在門口睡著了啦，還做惡夢呢，亂叫亂打一通的，幸好我剛回來，如果被鄰居看見，肯定鬧出笑話來。」爸爸在後面補充道。

　　原來現在已經八時半了，小柔一直檢查自己身體各處，看看有那些地方受了傷，但身體卻完全沒有傷痕，小柔沈思著覺得奇怪，明明那些痛楚是那麼真實而深刻，但為什麼沒有任何傷痕呢？

媽媽聽完後也看到小柔在檢查身體，就關心起來問道：「小柔妳還好吧？怎麼會在門口睡著了？是否太熱了，所以妳中暑嗎？還是有遇到什麼人？」。小柔想起小時候因為太過坦白，結果換來被阿姨打罵，所以這次決定不能再坦白了，只好對媽媽撒謊：「可能太熱了，有點頭昏才不小心睡著，現在我沒事了，媽媽不用擔心啊！」。

「啊！我的肚子在叫了，好餓啊，可以吃飯了嗎？」小柔故作輕鬆的回應媽媽。媽媽也安心下來，沒有再追問下去。

「好了好了，快一起吃飯吧。」

這幾天小柔都處於精神彷彿的狀態，盂蘭節晚上所看到的幻象，讓小柔不能忘記，她心裡已經由恐懼變到對紅衣女鬼充滿同情感。那個女鬼死前所遭受的侮辱和痛苦，已經激發起小柔內心的正義感。但是同情歸同情，只得十三歲的小柔，空有正義感也沒用，最起碼連女鬼的身份都不能確認，更不要妄論捉拿那個可惡的兇手。另一方面，女鬼身後那些黑影，雖然看不到面貌，但它們滲透出來的寒意和惡意，更讓小柔感到害怕。

星期日因為父母都要加班，所以將小柔寄託在住在對面的黃太太家裡面。黃太太是典型的家庭主婦，家中有兩個女兒，大女兒比小柔年長三年，小女兒剛好和小柔同年。平時小柔也和這家

的兩個女兒一塊玩的，兩家人因而彼此熟絡。而家庭主婦其中一個特點就是非常了解整個社區的大小事情。

這天小柔在他們家時，剛好另外一位同是家庭主婦的張太太來串門子。小柔正在和黃太太的小女兒翠娥玩紙牌遊戲，正玩得起勁，本沒留意她們的對話，但是突然聽到『垃圾房』這三個字，卻引起了小柔的注意。小柔開始留心黃太太她們的對話，只隱隱約約的提到黃太太的大女兒翠玲長大了，也變漂亮了，身材發育也差不多完全，提醒著要份外小心出入的。這些話題開始勾起小柔的好奇心，顧著偷聽她們的對話，也不太理會翠娥的催促聲音。

在旁邊看電視的翠玲也注意到了，走過來問小柔：「小柔妳怎麼了，一副心事重重的樣子？」。小柔被翠玲一問，嚇了一跳急忙說：「沒事啊，只是有點累。」。坐在對面的翠娥立即反駁說：「哼！妳那是累，只是一直偷聽我媽說話呢，一點不專心和我玩！」。

這句無心的說話真的嚇倒小柔，正當小柔想辯解時，黃太太也結束了和張太太的串門子。剛走回屋子就聽到這句話而留意她們，走到三個女孩身邊笑著問道：「妳們想偷聽什麼啊？」。黃太太和藹可親的態度讓小柔的緊張感退減不少，就鼓起勇氣問黃

太太：「沒什麼的，我只是聽到什麼垃圾房和什麼翠玲姐出入要小心，覺得奇怪才偷聽而已。」。「原來是這件事!」黃太太帶點擔心的眼神看著翠玲。「因為翠玲長大了啊，怕她會遇到色魔。」。

這時翠娥也站起來問她的媽媽：「什麼？這裡有色魔？」

小柔也把握機會問：「那跟垃圾房有什麼關係呢？」。

「這個啊，就要從幾年前的一件恐怖殘忍的姦殺案說起了。」黃太太開始發揮了平時最大的特色—說故事！

「話說三、四年前，在靠近第三個階梯口的一段住戶中，有一戶人家有一位非常美麗的女兒。當年那女孩就讀附近的一所出名的女校，無論學業和樣貌也非常出眾的她，都受盡所有人的喜愛。她的父母更將她捧在掌心裡呵護著，而她從小到大都偏愛鮮紅色的衣裙，縱使校服不是紅色的，她也會將有紅色的髮夾或是絲帶放在頭髮上。所以附近不管認識不認識的人都會叫她小紅妹，那鮮紅色就是她的標記。

時發那一年，是小紅妹中學畢業的一年，傳統上中學畢業後，畢業生們都會自費辦一個謝師宴，請老師們享用一餐豐富的晚餐，以答謝老師們的教導。而小紅妹更為了這一晚特別去買了一條連

身紅裙，指甲也塗上她最愛的鮮紅色。」聽到這裡小柔知道說的就是那紅衣女鬼了，就更集中精神去聽。

「謝師宴那天是在十二月時候的，實際日子我也忘記了。而那一晚小紅妹待到很晚才回家，當她準備離開酒樓時，也特別打電話到家裡，拜託她爸爸到大廈地下接她。卻因為她爸爸剛好在預定時間時拉肚子，所以就遲了去接小紅妹，結果小紅妹那個晚上就沒有再回家了。」。

「然後呢？小紅妹到底發生什麼事？」翠娥焦急地追問她的媽媽。

「不用急，妳也讓媽媽喝口水吧。」黃太太笑罵著小女兒後，就去倒杯水喝。

這時小柔比其他人還要焦急，忍不住追著黃太太問道：「黃太太妳就不要吊我們胃口吧，快點說之後發生什麼事啦！」。

黃太太喝完了水就笑著說：「怎麼連小柔都這樣急呢，好啦好啦不要催，我繼續說下去。」。

「當晚小紅妹的爸爸發現不見了自己的女兒，發瘋似的周圍找尋，跑到比他家高的樓層，也跑到低的樓層，但是仍然找不到小紅妹。最後跑去警局報女兒失蹤了，但是警察卻說不夠四十八

小時，不接受處理，只會紀錄在案。這讓小紅妹的爸爸敢怒不敢言，只好拖著疲乏的身軀在附近尋找著自己的愛女，最後身心俱疲，只能回家期盼女兒平安歸來。

直到第二天早上，清潔工人在高層的垃圾房裡發現了一具衣衫不整的女屍，立即報警處理。警察到達現場檢查時，發現女屍身上的殘破衣服是鮮紅色的連身裙時，就想起昨晚到警局報女兒失蹤的男人。雖然未夠四十八小時，但警察還是有紀錄下來，所以立即去找小紅妹的爸爸去確認女屍的身份。

當小紅妹的爸爸去案發現場，看到那女屍的面容時，就即時大聲嚎哭，那哭聲連我在家中都聽到，真的讓人聞者心酸啊！聽聞小紅妹被色魔強姦完後，更被尖銳的物品狂插全身，連五官都血流披面。唉，可憐的小紅妹爸爸，只是去了一趟廁所，延誤了接小紅妹的時間，卻換來永別呢？」黃太太邊說邊嘆息。

「那個兇手呢，最後有抓到嗎？」小柔緊張地追問。

黃太太無奈地搖搖頭：「沒抓到啊！連目擊證人都沒有，怎樣抓呢？」。

小柔聽完後覺得好氣餒，難怪紅衣女鬼那麼哀怨，明明有溫馨的家庭，也有光明的未來，結果慘死在一個色魔手上。

「哎呀，肚子好餓啊，媽媽有預備下午茶嗎？」旁邊的翠娥一邊伸懶腰一邊叫肚餓。

黃太太笑著拍了小女兒的肚子說：「才四點多就叫肚子餓，妳肚子裡是不是生蟲了呢？」。

然後就吩咐翠玲：「姐姐，妳到樓下買些零食回來吧，估計小柔也餓了，她的父母沒那麼早下班回家的。」。

小柔聽到後覺得不好意思說：「黃太太不用麻煩了，我不餓啊！」。

翠玲這時插嘴道：「沒關係啦，買回來就大家一起吃。不如妳陪我到樓下去買吧，剛聽完媽媽說的故事，心裡面有點怕怕的，就當陪我壯膽吧！」說完就二話不說的拉著小柔出門了。

很快就買了大包小包的零食，小柔和翠玲笑著手拉手的走向大廈的電梯。這時剛好有一個男人從大廈裡走出來，不小心的撞到翠玲的肩膀，小柔下意識的去看那男人，卻發現那個男人的樣子好生面熟，電光火石間想起來了，那個男人就是在幻象中將紅衣女鬼殺死的兇手啊！小柔怕的將頭低下來，生怕被色魔認出來，但是小柔忘記了那是在幻象看到的。

　　翠玲因為被撞覺得不滿而回頭看那個男人，而那個男人也剛好回頭看小柔她們。就在此時突然陰風大作，吹得小柔心頭一震，忍不住與色魔的眼神接觸。這時那男人先定一定神，然後面露恐慌，手指直指著小柔喊叫著：「妳⋯妳⋯怎麼會出現在這兒，這⋯這是不可能的⋯我明明⋯我明明⋯已經⋯不可能⋯妳⋯妳⋯快走開⋯不要過來啊！」。

　　小柔和翠玲面面相覷，完全是摸不著頭緒，那個男人到底怎麼了。翠玲輕聲問小柔：「妳認識他嗎？」被翠玲這樣問，小柔也不懂怎樣回答，只好說不認。

　　就在此時，那男人突然舉起雙手在揮動，好像在趕走烏蠅的動作，還邊揮動兩隻手臂邊往後退，口中喃喃地說：「不要過來，妳⋯不要過來⋯啊⋯啊⋯快走開⋯」。

　　他就突然轉身跑出去。沒多久外面的馬路傳來『吱』的一聲，那是汽車剎車的聲音，然後再『嘭』的一聲。跟著附近店舖的人也跑出來觀看並大叫說：「快報警啊！出車禍了，有人被車撞倒啊！」。

　　小柔和翠玲呆呆的站在大廈門前，不知如何是好時，後面傳來翠娥的聲音：「妳們怎麼還在發呆啊！零食買好了嗎？我快餓死啦，快上樓吧！」。

　　邊說邊拉著翠玲的手臂，把她們拉進大廈內。這時小柔不安地回頭，竟然看到紅衣女鬼站在那處車禍地點，對著小柔露出一個微笑，小柔看後嚇得趕緊跟著翠玲姊妹倆進電梯。

　　進入電梯後，當小柔和翠玲她們聊天時，她身後的玻璃鏡子，黑影也陸陸續續的浮現出來，此時小柔也感到有股寒意從後背傳來，頭也覺得好沉重，翠玲和翠娥聊天的聲音越來越模糊。

　　翠玲發現小柔的不對勁關切地問道：「小柔妳還好吧？妳的面色很白啊！」。

　　小柔聽到後立即打了一個冷顫，頭也變清醒了並回應翠玲：「我沒事，有點頭暈而已。」

　　小柔身後的黑影們也消失無蹤！

靈視筆記

故事三：
十六歲的嘩鬼飯店

「歡迎大家參加肇慶七星岩四天三夜旅行團。先介紹我自己；我是香港的領隊阿俊，旁邊的這個美女是我們的導遊小娟，還有我們的司機大哥叫大根叔，這幾天都是由我們來照顧大家的，大家可以掌聲鼓勵一下啊！」

啪啪啪…掌聲四起…

「現在我們出發到飯店，車程大約一小時，途中我們會先在飯店附近的鄉村餐廳吃午餐，品嚐一下這裡出名的【走地雞】。現在我們可以先唱 KTV，讓大家互相熟悉一下啊。」

旅行團的團員開始興奮起來。

今年小柔已經十六歲了，卻從沒去過旅遊的。小柔媽媽趁著暑假就帶著小柔和自己的朋友——阿靜，和她的家人一起來參加這次的旅行團，他們一行十多人。小柔邊聽著叔叔阿姨們的歌聲，邊看著車窗外面的境色。入目的都是綠油油的田，這時的中國大陸剛剛開放，各地都是農田，環境仍然保持著青山綠水，人民的面容也是樸實無華的。

「喂喂…不要看外面啦，多無聊的啊，和我們一起玩撲克牌不是更有趣嗎？」說話的正是靜姨的第三個兒子——阿光。

　　靜姨共生了四個兒子，分別為大兒子——阿輝（十八歲）、二兒子——阿煌（十六歲）、三兒子——阿光（十四歲）及最小的——阿明（十歲）。

　　當中只有阿煌和小柔同年，而阿光則是四個男孩子中最頑皮的一個，間中會作弄小柔和他的小弟弟，小柔蠻討厭他的。阿輝是他們當中最年長的，所以個性比較沉穩，二哥卻比較安靜、屬於內向型的，最小的阿明最喜歡黏著靜姨。

　　阿光見小柔不理他，就一手扯小柔的馬尾。

　　「啊！好痛啊！」小柔轉頭怒視阿光道：「你怎麼扯我的頭髮！讓人覺得很討厭的！我不想玩啊！」。

　　「我見妳沒反應，以為妳睡著啊，想將妳叫醒，嘻嘻，想打我嗎？來啊來啊！」

　　看到阿光嬉皮笑臉的樣子，讓小柔忍不住舉起手來想打他。坐在後面的阿輝被他們吵鬧的聲音吸引，走上前來拉一拉阿光的手臂，然後帶著抱歉的眼神看著小柔道：「小柔不好意思，阿光不是有心的，他只是比較無聊，妳不要生氣啊！」。

　　然後邊拉走阿光邊唸阿光：「你幾歲了，人家不想跟你玩，你還拉人家女孩子的頭髮，都那麼大了，怎麼連一點男生風度也沒有！」。

　　阿光一臉不高興的樣子吐嘈阿輝：「大哥我又不是你，動不動就說什麼風度的，我只是見到小柔無聊，才好心的叫她和我們一起玩而已。咦！大哥你那麼著緊小柔…難道你對她…嘿嘿…有人春心動啊…哈哈。」。

　　年紀最小的阿明聽到他們的對話，也開始起哄：「大哥春心動，大哥春心動…」。

　　這次連靜姨也聽到了，對著他們兄弟三人笑罵道：「你們玩夠了，三個都給我乖乖坐好，你們不懂害羞，但是人家小柔是女孩子會害羞的！」。

　　阿光聽到媽媽開聲了，就向阿輝做了一個鬼臉就跑到後坐去，已經變得臉紅耳赤的阿輝則對小柔投了一個歉意的眼神，就低下頭坐到阿光身旁。這樣一來讓小柔本來是氣到面紅，現在則羞得想找一個洞躲起來。

　　阿光他們慢慢的安靜下來，漸漸地又傳來叔叔阿姨們的歌聲，一段曖昧的小插曲無聲地告一段落，一直旁觀著但沒有出聲的二哥阿煌，卻看著車窗外偷偷笑起來。

　　「各位團友，我們現在到達酒家了，請各位先享受美味的午餐，這裡最出名的是【走地雞】，顧名思義【走地】就是這裡養的雞是隨地走的，不會像一般的雞隻是被關在籠子裡養肥的。因為有足夠的運動，所以牠們的肉質特別的彈牙的啊！請大家一起來享用這名產啊！」

　　這是一間充滿鄉村風格的小餐廳，對於小柔這種住慣城市的小女生來說，可以說是簡陋，但是肚子都在叫了，小柔也顧不得了環境如何，快快走到席上準備吃飽。

　　這真的是一席農村菜色啊，除了一碟【走地雞】外，其它都是蔬菜類，而且米飯都是帶灰色的，小柔看到飯碗內的飯感到無奈。

　　小柔媽媽見到小柔的表情就解釋說：「農村的飯不比城市的飯那麼香和潔白，因為好的米都賣到城市去啊，剩下這些不太好的留來賣給餐廳。農民們連這種米飯都沒有的吃啊，所以不要有這種表情啊，乖乖的吃吧！」。

小柔只好無奈地吃著又硬又冷的飯，心裡祈禱著之後的飯菜會好一點。

「各位團友應該吃飽了吧？【走地雞】是不是好彈牙呢？」領隊阿俊站起來對著大家說：「那我們飯後做做運動啊，好不好？」其他人都點著頭微笑期待地看著阿俊。

「我們今晚住的飯店是在這附近的，因為比較接近七星岩的園區，旅遊車太大了，沒辦法開進去，所以我們要走進去啊，大約半小時左右就到啦。」。

所有人聽完都覺得尚可接受，都紛紛起來去背好背包出發。

他們一行數十人，阿俊走在最前面拿著"大聲公"開始介紹飯店：「我們住的這家飯店大有來頭的，屬於國家一級的啊，政府官員都會入住的，聽聞連我們的小鄧同志也曾經入住過啊…」阿俊還在滔滔不絕的介紹著。小柔好奇地觀察四周，周圍都是農民住的房子，很小很簡陋的。突然後方人群有一陣騷動，小柔回頭觀望，卻看到一支白白的小豬，邊叫邊跑的避開人群，但是那些叔叔阿姨們看到一隻活生生的小白豬，實在掩不住興奮一起追著牠想逗牠玩，卻嚇得小白豬叫得更厲害！

　　這時頑皮的阿光不知道從那裡找來一枝像蘆葦般幼的樹枝，很快的跑到小白豬旁抽打著牠，也發出'嚕嚕'的聲音，那是模仿小豬的聲音，而阿明也在後面跟著學著哥哥的豬叫聲。吃痛之下的小白豬叫得更淒厲，為了躲避阿光的抽打，開始周圍亂跑亂撞。

　　「哎呀」、「啊！」、「唷！」的聲音此起彼落，那些已經有點年齡的叔叔阿姨們被小白豬亂跑之下撞到。

　　「哎呀！誰家的小孩那麼頑皮，嚇得小豬亂沖亂撞啊！也撞到人呢！」

　　這時候小柔聽到後面的嘈雜聲，轉身觀看發什麼事的時候，卻看到那頭小白豬已經失控地向自己撞上了，知道已經來不及閃避，只好閉著眼睛等待被撞。此時有一個身影閃出來剛好擋在小柔身前，當小白豬快要撞上那個身影時，那人揮動他的腿，小白豬以為要被踢，立即往回跑，也剛好撞上一直在後面追打的阿光，連帶一直跟著的阿明也一起撞上，就這樣兩個人一頭豬全都撞在一起。

　　閉著眼睛的小柔發現沒有被撞的感覺，張開眼睛就見到一個高大的身影擋在前面，從身影後卻看到阿光和阿明各自抱著小白豬的頭和屁股躺在地上。

被豬屁股壓著的阿明在哇哇大哭，阿光則被小白豬的舌頭攻擊中，滿臉都是豬的口水。而那個身影也轉身面向小柔。

夏天午後的陽光本應刺眼的，落在小柔的眼裡卻充滿溫柔的感覺。

「小柔，妳還好嗎？」那個沐浴在陽光中的身影發出的聲音。

小柔被眼前的一切看得有些矇，而這一句慰問剛好讓小柔清醒過來，她終於看清眼前的人竟然是平日不大說話的阿煌！

「我..我沒事，呃…謝謝你啊！」

「沒事就好，不用客氣啊，是我這個弟弟太頑皮，嚇著妳呢！」阿煌開朗地笑著回應。

「原來阿煌笑起來很好看啊，牙齒好白好整齊呢，平時怎麼也沒留意啊。」小柔心中暗想。

當看著阿煌帶笑意的眼睛時，小柔覺得臉頰發燙，阿煌的眼睛在閃閃發亮啊！小柔被他看得心一直「卜卜…卜卜」跳動，還有加快的跡象呢！

她平靜的心湖悄悄地泛起了一陣陣的漣漪。

「阿煌、小柔你們沒事吧？發生什麼事？」原本走在前面的阿輝聽到後面的哭聲，和靜姨趕緊的往後跑，還一直大聲的發問。

「哎呀，阿光和阿明怎麼會跌倒在地上呢？」

靜姨聽到小兒子在哭聲，也快快的跑到阿明的身旁扶起並安慰他，之後轉頭看著阿煌帶點生氣的語氣道：「到底發生什麼事？好好的旅遊怎會發生意外？你怎麼沒有顧好兩個弟弟？」。

阿輝在旁安慰靜姨：「媽媽妳冷靜點，我們先了解一下發生什麼事。」。

然後阿輝走到阿煌身旁問道：「二弟，發生什麼事了？怎麼弟弟們和那頭小豬也倒在一塊呢？」。

阿煌冷冷的看著兩個弟弟道：「還不是阿光闖的禍！他拿著樹枝抽打小豬，嚇得牠亂沖亂撞的。」。

在旁邊的叔叔阿姨們七嘴八舌加入說：「對啊！阿煌沒說錯啊，阿光這小孩太頑皮啦，害我們也被撞！」。

「對啊，對啊！你看我的小腿也被小豬撞傷了，阿靜你要好好管教你的兒子呢！」

　　阿輝聽到那麼多人抱怨阿光他倆兄弟，立即對其他人道歉，而靜姨也了解了整件事，就狠狠的扭著阿光的耳朵，對他罵起來：「你實在太過份，不但沒有照顧好弟弟，也讓其他叔叔阿姨們受傷和嚇倒他們，看我怎樣收拾你！快點向叔叔阿姨他們道歉！」。

　　被抽著耳朵的阿光可憐兮兮的對其他人大聲道：「對不起！是我錯了！」。

　　阿煌看到焦點已經轉移到阿光他們，就走到小柔身旁關切道：「我們先走在吧，他們也不知道鬧到什麼時候。」。

　　這時小柔媽媽也找到了小柔：「妳還好吧？有沒有受傷？」。

　　小柔乖巧地道：「我沒事，我們先走吧！」。

　　一直在最前面的領隊阿俊和導遊小娟已經聽到後面的騷動，往後面走時遇到小柔他們，也簡單問一下情況，阿煌也略略說了一些，他們就急急的往後方去處理。

　　沿著鄉村路走著，轉了一個彎後，周圍的環境從明媚的鄉村風景變成兩旁大樹林立陰陰沉沉的樣子。突然聽到「刷啦」一聲，一隻黑色的鳥從旁邊的樹林飛出來。

小柔的媽媽「啊」的一聲，一隻手輕撫胸口說：「嚇死人啊！那裡來的鳥，突然飛出來的。」。

小柔環顧張望，眼前的景象忽地變得異常陰森，大樹環繞著，形成像山谷一樣，原本大大的太陽卻在這山谷發揮不了作用，陰陰沉沉的。更奇怪的是，現在時間大約二時多左右而已，而白濛濛的霧卻開始凝聚起來，小柔不知不覺地泛起了寒意。在山谷中間有一幢五、六十年代風格的兩層高建築物，小柔心裡想，這幢建築物應該就是今晚要入住的飯店吧。

一直走在小柔身旁的阿煌輕聲對小柔說：「快到飯飯店了，晚上晚餐後妳來我們兄弟房間玩牌，好嗎？」。

看著阿煌灼熱而又充滿期待的眼神，小柔的臉又莫名地紅起來，她連忙低下頭輕聲回答：「我…我不知道，應…應該要問我媽…媽吧…」。

阿煌聽後立即回頭對小柔的媽媽問：「阿姨，晚上小柔可以來我們兄弟房間玩牌嗎？」。

小柔媽媽完全沒看小柔，很爽快的答應下來。小柔很詫異媽媽如此爽快，當她回頭看媽媽時，卻發現媽媽一邊偷笑一邊使眼

色，小柔即時羞得臉更紅，眼睛悄悄地往阿煌看去，剛好阿煌很開心的看著小柔道：「小柔，伯母已經答應了！」。

小柔聲如蚊蚋般「嗯」了一聲。

當他們正在猶豫是否踏入山谷時，原本在後面處理事情的領隊阿俊剛好也走到他們面前，拿著手提米高峰向後面的團友宣佈：「大家可以看看前方，那幢建築物就是我們今晚入住的飯店啦。我們只要走完這段路就會到達飯店，到達後我們可以休息一下，晚餐會在飯店內的餐廳享用的。」阿俊邊走邊介紹飯店的特色。

「這幢飯店以前是專門招待國家領導人的，屬於國家級的飯店，不是一般的賓館啊！」

導遊小娟也加入介紹：「傳聞啊，真的是傳聞啊，我們祖國偉大的毛主席曾經入住呢！連小鄧同志好像也有入住過啊！當年興建這飯店時也動用很多村民呢，而裡面的裝飾品有很多都是古董啊！」。

一行數十人浩浩蕩蕩的進入山谷，途中也有一些階梯。這時原本陰沉的山谷，好像被他們的人氣給吹散似的，小柔對山谷那種寒意也消失了。走著走著突然傳來一聲"大吉利是"！

　　眾人朝那個聲音的方向看去，原來是一位阿姨在走階梯時發出的，她看到眾人看向她的方向，她眼神有些慌亂結結巴巴地說：「你們看階梯是用什麼鋪成的，全是別人的墓碑啊！多不吉利啊！」。

　　其他人聽完，也紛紛的向地下望去。開始有大大小小的驚呼聲傳來：「真的是墓碑呢！」。

　　「唷，太不吉利了，怎會用這些鋪路呢？」

　　「哇，好恐怖耶！」

　　小柔下意識地往地上看，剛好她踏著的階梯是一塊很完整的墓碑，上面有名字、生卒年份等先人的資料，看年份也是久遠的。小柔盡可能的不要踏著墓碑前行，無奈是根本沒辦法做得到。

　　導遊小娟聽到他們大呼小叫，也立即回頭安撫他們說：「大家不用怕，為什麼要用墓碑鋪路是有原因的，當年興建的時候，很多建築材料缺乏得很，又適逢那個十年改革，才會不顧忌的用上先人的墓碑，所以大家不用擔心會侮辱了先人啊！」。

　　眾人聽完心裡也是忐忑不安，不知道孰真孰假，一時之間大家議論紛紛。

「那麼路下面是不是有遺骨啊？」

突然有人提出了疑問，當這問題一提出來，有人被嚇得跳到路旁的草堆，議論聲音變大聲。小娟見狀開始著急，求救的眼神往領隊阿俊那邊飄，阿俊收到後，立即走出來說：「當然不會有啦，他們只是沒辦法之下才用到的。大家快走吧，不然太陽下山後，路更不好走呢。」。

這時眾人才注意到路上沒有街燈的，而太陽也開始往西邊走了。

「大家走快點，我會安排好一點的房間給大家啊。這間飯店房間不多，總共才二十多間而已，而每一間房間也很寬敞啊，飯店餐廳的大廚也是全國數一數二的啊…」

不知道是否心理作用，小柔感覺山谷中的寒意又悄悄地回來了，她看著山谷的草叢，總覺得有無數的黑影隱藏在裡面，雙手就不自覺的環抱著自己。

身邊的阿煌察覺了小柔的異樣，關切地問：「妳覺得冷嗎？要不要我從背包拿外套給妳穿？」。

小柔搖搖頭道：「謝謝你，不用了，我們走快一點到飯店吧。」

阿煌點頭回應後就和小柔加快腳步。

大家終於到達飯店了，眼前所見的是一幢只是兩層高的房屋，呈凹字型的建築，看起來不算很大，正如阿俊所說，飯店最多只有二十間客房而已。整體上採用大理石建成的，以當年來說已經算豪華了。浩浩蕩蕩地進入大堂，佈置很明顯有點舊了，但是看得出來是有花心思的，窗簾布用的布都是天鵝絨的，顏色是傳統的酒紅色的。櫃台用上了高級的雲石鋪砌，小柔往上看屋頂全都是水晶吊燈。

「大家請過來櫃台，現在先分配好房間，到房間後大家可以稍作休息或者自由活動，到晚上六時，大家請到地下東側的餐廳，將會有豐富的菜餚供大家享用的。」阿俊拿著咪高峰招呼大家，而小娟在旁幫忙分發房間鎖匙。

「小柔，小柔…」小柔媽媽拿到房間鎖匙就招手呼叫小柔去她那邊。

阿煌見狀就對小柔說：「妳媽媽叫妳呢，我們晚飯時見面吧！」。

小柔點點頭就跑去媽媽的方向。

和媽媽會合後，她們立即去找房間，看到匙扣上刻印的數字是 108，就是她們今晚入住的房間，看地圖的指示，房間是在地

面這一層的。走過長長的走廊，才發現她們的房間是位於走廊盡頭的。正當小柔媽媽準備打開門時。

「嗚嗚…嗚嗚…我死得好慘啊…嗚嗚…死後也不得安寧啊…嗚嗚嗚…墳頭也被人挖開…嗚嗚嗚嗚嗚…」背後突然傳來鬼哭的聲音，嚇得小柔「哇」一聲，小柔媽媽立即回頭看，才發現是那個頑皮絕頂的阿光在裝鬼哭！

氣得小柔媽媽忍不住唸他道：「你還是這樣頑皮，總有一天你會受到教訓的！」

剛好靜姨帶著小兒子阿明走過來，見到這情況，立時沖前來一手扭著阿光的耳朵罵道：「你這頑皮仔，才安靜了沒多久，現在又來嚇小柔她們，是不是想'滕條炆豬肉'！」

然後面向小柔她們說：「小柔媽，不好意思，是我管教不善嚇倒妳們，大人不記小孩過，多多包涵、多多包涵。」

小柔媽媽立即用溫和的笑容對靜姨道：「我們那麼多年的朋友了，說這麼客氣的話做什麼！但是阿光你真的要乖一點，不能讓媽媽生氣啊！」。

「痛…痛…媽，我知錯啦，妳…妳快放手吧…」阿光邊求饒邊撫著自己的耳朵，靜姨終於放手不再扭阿光的耳朵，推一推阿光就轉身往自己的房間方向走，原來靜姨他們住在 106 號房間。

而阿輝和阿煌也隨後到了，他們兄弟二人住 107 號房間，剛好是小柔的隔壁，阿煌見和小柔的房間只是隔壁而已，立即展現他那帥氣的露齒笑容，笑對小柔媽說：「阿姨，真巧呢，我們剛好住在妳們隔壁房間啊！」。

在旁聽到的阿輝立即失笑道：「哎…剛剛誰一直打聽小柔住那一間房間呢，還一直苦苦哀求領隊，要安排與小柔相鄰的房間啊？現在卻在裝成巧合耶！」。

小柔聽到後，羞得搶了媽媽手上的鎖匙，立即開門逃進房裡去，小柔媽一直笑著搖頭跟著小柔進房間去。

阿煌則怒盯著阿輝，但又不敢發作，小聲地對抱怨：「大哥你不要害我好不好！難得小柔的媽媽沒有反對我對小柔的感情，拜託大哥你不要破壞我的事就行！」。

阿輝卻一臉正經的看著阿煌，老氣橫秋道：「你對小柔是不是認真的，你們倆個也只有十六歲，現在談戀愛會不會太早？平時看你安安靜靜的，怎麼這次變得那麼主動？」

阿煌的臉變得紅紅的，不耐煩地道：「大哥不要管我啦，我先進房間去，還要先洗澡啊。」。

阿煌飛快似的跑進房間，阿輝只好無奈地一笑也跟著進房間。而這一幕卻被不知道那時候溜出來的阿光聽得一清二楚，他的眼睛一直左轉右轉，臉上也浮起了想到什麼鬼主意的表情。

一踏進房間的小柔，立即被一陣霉爛的味道沖進鼻腔中，嗆得她連續打了幾個噴嚏。一陣陰風也迎面而來，小柔立即打了一個寒顫。當她回過神來，陣陣暈眩也隨之到來，一時不穩就往旁邊的衣櫥倒去。剛好小柔的媽媽也跟著進來，見到小柔快要倒了，立即上前扶著她，問道：「小柔，妳怎麼了，是不是中暑了？」。

「媽媽我沒事，只是有點暈眩而已，休息一下就會好點。」

放下旅行袋，小柔立即走到窗旁，想檢查是否沒有關好窗，但是厚厚的窗簾布已經拉上，小柔拉開後發現窗已關得嚴實，根本連一絲風也不能吹進來。

正當小柔猶豫不解時，媽媽剛好打開梳妝台的抽屜，一本已經打開了的聖經突兀地出現！小柔見到立即拿起聖經看看是翻到那一頁，卻發現竟然是耶穌驅鬼的一段。

小柔媽媽面帶疑惑地說：「奇怪啦，大陸不是不相信耶穌的嗎？怎會有一本聖經放在房間？如果是'毛語錄'的話比較正常呢！」。

小柔回答：「可能是其他遊客遺留在這裡吧。」。

此時小柔看著翻開的聖經，心中已經確定這房間是"不潔"的。

小柔小心奕奕的問：「媽媽我們可不可以換房間呢？」。

媽媽反問小柔：「為什麼？」。

小柔解釋道：「我覺得房間有股霉味，好像很久沒有人入住過的，感覺好骯髒啊！」。

「我也聞到，但是我聽領隊說飯店本來就不大，我們這團已經差不多將飯店包起來了，所以我們可以換到別的房間的機會不大呢。」

小柔無奈地點頭回應，心中祈禱晚上不要發生恐怖的事。

媽媽突然想起什麼的就對小柔說：「你先洗澡吧，我等等要去靜姨的房間，她放了一些東西在我的包包裡，妳洗完澡之後就直接去餐廳等我啊！」。

說完後就從旅行袋拿了東西就離開了。

小柔拿了衣服後直接去洗澡，當她在洗頭髮時，聽到房間的門打開及關門的聲音，小柔以為是媽媽回來，就大喊說：「媽媽，妳怎麼那麼快回來，有遺留什麼東西嗎？」。

「……」沒有有任何回應。

小柔關了水喉，再一次大喊：「媽，是妳嗎？」。

一樣是沒有回應，但這次聽到有腳步聲。小柔心裡想：「難道有賊進來了嗎？」。

她用浴巾圍著身體，打開廁所門，探頭往房間裡面看，卻看到有一個女人背對著小柔坐在靠近窗戶的單人床的床尾。本身有近視的小柔，因為洗澡放下眼鏡，所以看到的女人身影是模糊不清的。她再喊一次：「媽媽，妳怎麼回來了？不是說好在餐廳等嗎？」。

那個女人完全不動，也沒有回應。小柔覺得奇怪，就返回廁所穿回衣服和把眼鏡戴上，再一次打開廁所門去看那個女人，卻發現那個女人不見了。

小柔心裡一震，回想剛剛穿衣服的時候，明明沒有任何開門關門的聲音，怎麼那人就消失不見了！

這時又一陣陰風吹起，不過這次換在小柔的頸後面吹，而且更帶著一陣陣的「嗚嗚⋯嗚嗚嗚⋯」聲音。

嚇得小柔回頭看，卻什麼也沒有，整個房間只有她一個，小柔立即沖到梳妝台前打開抽屜，將裡面的聖經拿出來，大聲的朗讀裡面的內容⋯

小柔一邊朗讀聖經內容時，一邊在房間內查看，當她走近窗戶時，一陣急促的「啪啪⋯啪啪⋯啪啪⋯」聲音出現，嚇得小柔差點將聖經丟下。她緊抱著聖經，慢慢地走近窗簾布，「刷」一聲將窗簾布全部拉開，窗外卻是一片烏黑。小柔仔細看窗外，想找出「啪啪」聲音的來源，看了良久也看不出什麼，雖然心中帶著疑惑和不安，但只好放下聖經轉身返回浴室繼續洗澡。此時那個「啪啪⋯啪啪⋯啪啪⋯」的聲音又瘋狂地響起，小柔下意識地回頭看，卻看到一大群黑影在拍打她房間的窗戶！

「哇！」小柔嚇得立即蹲下來躲在床後，冷汗從她的額頭上滲出，然後背部也自然地起了雞皮來，心裡祈禱著她所信賴的神。不知道時間過了多久，拍打窗戶的聲音終於停止了，小柔壯著膽子，探頭看窗戶的黑影走了沒有。她卻看到那群黑影沒有拍打窗戶，但全部都靜止不動。

幾分鐘後小柔已經冷靜不少，開始觀察那些黑影，發現它們都是有樣子的，裡頭有男有女，雖然臉色慘白，年齡看起來也有四、五十歲，但是它們的表情卻是呆滯的。小柔感到有點困惑，開始分不清它們到底是人還是鬼！？

一陣陰風吹過她的後頸，好像回答小柔心中的疑問似的，讓她忍不住打了一個寒顫，這時她看到那些黑影們好像開始穿透窗戶，看到此情形的小柔立即縮到床下來。

「咯咯」一陣敲門聲響起，「小柔，妳好了嗎？」傳來了阿煌的聲音。小柔聽到阿煌的聲音感到有點愕然，但是意想不到的事情發生了，她竟然看到那些已經穿透進來的黑影，在聽到阿煌的聲音後，立即如潮水般退去。此時的小柔終於放鬆下來，她站起來看看鏡子裡的自己是否有異樣，因為她不想嚇倒阿煌他們，檢查好了才開門問：「咦，怎麼是你？找我有什麼事？」。

「妳媽媽在餐廳等不到妳，就派我來房間找妳啊。」阿煌回答道。

「嘿，才不是呢！是有人一直哀求阿姨去找妳的呢，呵呵…」頑皮的阿光不知道何時躲在阿煌身後，現在才探頭出來取笑自己的二哥。

「原來如此，那我們快去餐廳吧。」小柔強裝笑容回答。

「妳還好吧，怎麼妳的臉色看起來有點蒼白！要不要我去拿藥給妳？」阿煌略帶擔心的表情問道。

「哎唷，阿煌哥哥我真的不舒服啊，你來摸摸看…」阿光假裝小柔的聲音回答，還伸手去抓阿煌的手往小柔身體亂摸，嚇得阿煌和小柔一起跳開躲避。

「哈哈…你們這個樣子真好玩，哈哈…來追我吧…追到我請你們吃糖啊…哈哈…」阿光見自己奸計得逞，邊笑邊走向餐廳。阿煌氣得整塊臉變成通紅，邊追邊罵：「你有種就給我停下來，你這個臭屁孩！看我怎樣收拾你！」。

小柔也滿臉通紅，心裡的陰霾卻被驅散不少，剛剛在房間內發生恐怖的經歷，讓她的心情一直處於緊張的狀態，現在被阿光這樣一鬧，緊張和恐懼感反而一掃而空，心情也變得開朗起來，也和阿煌一起追逐這個頑劣的阿光。

「親愛的團友，有沒有吃飽啊？晚餐是不是很不錯呢，對不對？明天我們一早就要出發去七星岩，所以今晚大家先自由活動，不過請記得要早點睡，好養足精神明天我們一起遊玩！」領隊阿俊站起來宣報。

「二哥，那麼早怎麼睡得著，不如我們約小柔一起到飯店外探險啊。」阿光一臉期待地看著阿煌，當阿煌正準備拒絕時，阿光卻擺出一副曖昧的嘴臉看著阿煌說：「二哥，我不得不提醒你，這是一個大好機會和小柔增進感情啊！你試想一下在月黑風高的晚上，你可以和小柔欣賞月色，如果小柔覺得冷時，你更可以輕輕地擁著她，真是一個多好的機會啊！」。

阿煌聽著也覺得這主意不錯就答應阿光說：「嗯嗯，你說得真不錯！好吧，我們一起出去探險吧！」。

坐在旁邊的阿明聽到後，也要跟著去。坐在另一邊的阿輝卻一本正經說：「我作為大哥，理所當然要跟著去，好看管你們幾個。尤其是阿光你，不能讓你再闖禍了！」。

阿光不忿地看阿輝一眼壓低聲音說：「是你自己想去玩，卻講得那麼天經地義，看我等等怎樣作弄你，哼！」。

阿明聽到可以探險，就開始鬧著要跟去，結果引起靜姨的注意問道：「阿光你又想到什麼鬼主意了，引得弟弟要去那裡？」。

「媽媽沒什麼的，只是我們吃得好飽，想出去附近走走吹吹風，等等就回房間的，所以也讓阿明跟著我們吧。」阿輝連忙跟靜姨解釋。

靜姨聽完後覺得提議不錯也贊成，阿煌見狀立即提議邀請小柔也一起出去走走。

靜姨好像意會了什麼，忍著笑對阿煌說：「阿煌你長大了啊，也想和女孩子約會呢！那你自己跟人家約吧，有你們幾兄弟一起去，我想小柔媽媽不會反對的。呵呵！」。

阿煌見得到批准，立即走到小柔的座席去問：「小柔，我們兄弟吃太飽，想出去散步，妳要來嗎？」。

小柔想到可以不用那麼早回到那個恐怖的房間，就歡天喜地去詢問媽媽。小柔媽媽聽到他們四兄弟也一起去，覺得不錯就答允他們。

他們先回房間整理背包，因為外面沒有街燈，所以各自帶了一支手電筒，阿光和阿明更帶了零食。整理完畢後就浩浩蕩蕩出發，五個青少年，沒有了長輩的看管，雖然只是在飯店外走走，但是也開心得邊走邊跳。

他們五人站在飯店門外，商量著要往那邊走，阿輝和阿光卻意見不合，原因是阿輝提議在飯店門外那一片石碑路走走就好，但是阿光覺得不夠刺激，想去飯店後面那一片樹林，阿輝以安全為由拒絕了，結果開始兩人吵起來。最後阿煌提議沿著飯店走一

61

圈，飯店不是很大，走一圈的話大約走兩小時，路線安全也可以看到後面的樹林，就當完了阿光的願望。阿輝聽完後覺得這路線還可行，他們二話不說立即出發了。

晚上的月亮雖然沒有十五圓月時那麼明亮，但是也有一大半的月亮跑出來，所以月色算不錯的。在鄉郊中沒有城市大廈的燈光阻礙，天空中的星星們密密麻麻的佈滿整個天空。阿明看到那麼美的夜空，已經興奮得一直比手畫腳的說那是什麼星座，那是叫什麼名字的星星等。

小柔也被這片星光吸引著，忘卻了之前的恐懼。

「我的提議不錯吧，你看小柔現在多開心。待會我還會製造機會給你的，二哥！」阿光一臉得意的樣子，阿煌看到忍不住笑起來。

「這次算你厲害啦，你還製造什麼機會？你不要太得意忘形啊！」阿煌忍不住訓了兩句。

「等等你會知道的，哈哈！你就等著吧。」阿光說完就一溜煙跑了，剩阿煌一臉無奈。

　　阿光跑掉不久，小柔走到阿煌身旁問道：「你們剛剛聊什麼？看阿光的表情，應該想做什麼惡作劇吧？你不會和他一起計劃什麼吧？」。

　　小柔的眉頭不自覺地皺起來。

　　阿煌輕輕的拍了小柔的肩膀，輕聲安慰道：「不用擔心他，妳看今晚的夜空很漂亮呢，咦？那是北斗星嗎？妳快看看！」小柔的注意放回星空上。

　　很快他們走到飯店的後方，阿光所說的樹林出現在他們眼前。阿光一看到樹林就開始興奮起來，立即直奔樹林去，卻被大哥阿輝一手抓住他的衣領，嚴厲地對阿光說：「阿光，你不能跑進樹林，我們說好的！」。

　　「大哥你先放開我，既然我們已經到了，進去走走又沒什麼的，你快放開我啊！」阿光奮力地掙扎著。突然他靜止不動，雙眼發光看著樹林，手指更指向樹林深處大叫道：「快看，大哥快看，樹林內有螢火虫呢！」。

　　站在阿輝身旁的阿明，聽到阿光的叫聲，也向樹林那邊看，果然看到樹林內外佈滿點點綠光的螢火蟲，立即興奮大叫起來，直直地向樹林跑去。

　　阿輝見狀也顧不得阿光，只好放下他，追著阿明大叫道：「阿明回來，那邊危險啊！」。

　　剛獲得自由的阿光也跟著他們跑來道：「大哥那會有危險？我們第一次看到螢火蟲啊！哈哈，我們真好運啊！」。走在最後面的阿煌和小柔也看到螢火蟲和阿輝他們的追逐。

　　「果然是螢火蟲啊！第一次看到呢，比天空的星星更好看啊，對不對小柔？咦，小柔妳還好吧，怎麼妳的臉色突然變得那麼白？」阿煌掩不住的興奮和略為擔心的看著小柔。

　　小柔惶恐地看著阿煌問：「你…你們…看到螢…螢火蟲？樹…樹林…那…那邊？」。

　　阿煌開心地回答小柔：「是啊，怎麼了？妳也是第一次看到吧，我們快跟上他們吧，樹林內應該有更多的！」。

　　小柔呆呆地看著阿煌興奮的表情，轉頭去看樹林那一片綠幽幽的光芒，心裡掙扎著好不好說出她所見到的一面！

　　因為她見到的不是螢火蟲發出的光芒，而是「鬼火」！那是從屍體上的磷光散發出來的「鬼火」！現在所看到一大片，小柔覺得樹林裡應該是有一大片的墓地，她估計這些墳地的墓碑已經被拆掉用作鋪路了，這是很不好的兆頭啊！

正當小柔猶豫著要不要將事實告訴阿煌時，阿煌已經伸出手向她道：「小柔快來吧，我們快跟上他們，那麼難得的機會，我不想錯過這樣美麗的境色啊！」。

看著阿煌滿臉期待的樣子，她不好意思將現實告訴他，而且她也擔心其他人會否遇到什麼「不潔」的東西，只好握著阿煌的手，一起往樹林跑過去。

好不容易小柔他們也進入樹林了，月光的光線被高大的樹擋在外面，只剩下暗暗的綠光，不時更聽到不遠處的「啞啞、啞啞」的烏鴉叫聲。

「這裡太暗了，小柔趕快拿出我們的手電筒來。」

「嗯，好的。」小柔打開手電筒，慘白的燈光往前面直射，那一瞬間小柔看到一堆黑影像是受到白光刺激般，全部往旁邊飛去。小柔看到這一幕，嚇得差點丟了手電筒，阿煌見到後以為小柔不習慣，溫柔地對她說：「不習慣拿手電筒吧，換我拿著，可是妳要緊跟著我啊。」。然後往樹林深處大叫：「大哥、阿光、阿明你們在那裡，不要跑太快，等等我們啊。」。

小柔拉著阿煌的衣袖，邊走邊叫喚阿輝他們三人。

　　阿煌和小柔在樹林走了差不多十五分鐘，一直聽不到阿輝他們的回應。

　　「怎麼越走越陰森的感覺呢，總覺得有人在偷窺我們的感覺，而且那些螢火蟲現在看起來很陰森呢，和在外面看的時候，感覺完全不一樣，小柔妳說是不是呢？」阿煌回頭問小柔。

　　此時的小柔專心看著前方，完全不敢看那些「鬼火」，因為她剛進來時已經發現每個「鬼火」旁都有一個黑影存在，嚇得她只能往手電筒的光線那邊看著，心裡祈禱著快點找到阿輝他們，好能盡快離開這樹林，她更害怕那些黑影會越來越接近他們。

　　阿煌見小柔沒回應，以為她冷得不懂回答，正準備脫下外套給小柔披上時。「嘩！」阿光不知道從那裡跳出來：「還不是給我抓到你們了！二哥你怎麼在脫衣服？嘿嘿，你們壞壞啦！我回去告訴媽媽去，嘿嘿！」。

　　阿煌和小柔突然被阿光這樣跳出來，嚇得手電筒掉到地上，小柔發現那些「鬼火」突然快速地靠近他們。小柔趕緊蹲下去找手電筒，而阿煌則狠狠地向阿光解釋：「阿光你不要亂說，我只是怕小柔著涼，才脫下外套給她披上而已，不是你說什麼壞壞啦！」。

阿光死盯著阿煌說：「二哥，那麼爛的藉口也想得出來！我才不相信呢，嘿嘿…」。

阿煌想要再辯解時，小柔卻大聲地說：「你們可不可以不要鬧下去，快點拿起手電筒找其他人吧！」。

阿煌阿光兩兄弟嚇一跳，立即乖乖拿起手電筒邊走邊喊。

沒多久阿輝和阿明也找到了，阿輝見到大家都無事，就提議要回飯店，小柔聽到這個決定非常開心。因為她看到很多黑影已經聚集在他們身邊，她害怕再逗留下去會發生不好的事，所以她贊成阿輝的提議，阿煌見小柔也想回飯店也只好附和他們，結果只阿光一直吵著不想回飯店。

回程時，周圍的「鬼火」越來越密集，連最小的阿明也覺得不妥，輕聲問阿輝說：「大哥，這些螢火蟲好奇怪啊，牠們好像變得越來越多，我們那時候才走出樹林啊，我覺得好可怕啊！」。

阿輝環看周圍後，輕聲安慰阿明說：「小弟不用怕，我們快到飯店了，你是不是覺得累了，大哥先背著你好不好？」阿明嗯了一聲，就爬上阿輝的背上。

阿輝用眼神示意阿煌靠近道：「二弟，我看這些不是螢火蟲，好像是磷火，即俗稱「鬼火」來的。我們走了都有半小時了，也走不出樹林，我怕我們遇到「鬼打牆」了。」

「那⋯那⋯我們怎麼辦？」阿煌聽到後也失了神，不知道如何是好。

正當他們兄弟二人在想辦法時，阿光突然大叫說：「這是什麼鬼地方，早知道就不來了，現在我好急啊，快要尿出來了，我不管了，我要尿尿！」。

阿光說完就跑到附近的草叢尿起來，阿輝和阿煌一起發聲阻止時已經太遲了，阿光已經很舒暢地尿出來。

阿煌無奈地看著阿輝，阿輝苦笑道：「希望他沒有選錯地方尿尿吧。」。

然後對著空氣說：「不好意思，各位好兄弟，我弟弟一時心急，如有得罪之處，請多多包涵！」。

一直在旁觀的小柔，聽著他們的對話，心急如焚，她知道什麼叫「鬼打牆」，但是她不知道怎樣解決現在的困境。當阿光舒暢完時，小柔看到阿光尿尿的地方突然升起很多「鬼火」，跟著很多黑影圍著阿光，漸漸那些黑影完全掩蓋著阿光。

小柔知道大事不好了，連忙拉阿煌的衣袖說：「阿煌快去阿光那裡，阿光他不好了，快去把他拉回來。」。

阿煌聽完後立即跑去阿光的位置，但是遲了一步，阿光已經開始倒下來。他口中唸著：「有好多螢火蟲，你們不要過來。」跟著就倒在地上，阿煌只好將阿光也背到身上，走回阿輝他們身邊問道：「大哥，現在怎麼辦？」。

阿輝也茫茫然不知所措地看著阿煌。

突然小柔胸前感到灼熱的痛，她打開衣領看到平時佩帶的十字架自己發熱了，而且發出了柔和的光線，它往某一方向射出，而且光線觸及的地方，那些「鬼火」會自動讓開。小柔知道機會來了，就拉著阿煌，呼叫阿輝他們：「你們快跟著我走，快點跟上啊！」。

他們二話不說緊跟著小柔，而小柔跟著十字架發出的光線指引著，有驚無險地走出樹林。

回到飯店後，靜姨看到阿光和阿明的狀況，就立即跑出去飯店的櫃台找醫生，可是飯店的位置太偏遠，一時之間找不到醫生來診治，最後只能等到天亮才派職員到外面找醫生。

靜姨只好回到房間照顧阿光和阿明，但是阿光的情況很不好，一直昏迷不醒還高燒不退。而他口中還一直唸著那句「有好多螢火蟲，你們不要過來。」讓靜姨心急如焚又不明所以，故一直追問阿輝和阿煌究竟發生什麼事？但他們兄弟倆也沒法解釋什麼來，而阿明也一樣發著高燒昏迷著。

小柔回到自己房間後，小柔媽媽問及他們發生什麼事時，小柔也不敢將當時的事說出來。只好說晚上可能太冷，阿光和阿明可能著涼了，小柔媽媽只好放棄追問下去。

在床上小柔準備睡覺時，想起回到飯店後，阿煌問了她一些無法回答的問題：「妳怎麼會知道出口的路？我們明明是在「鬼打牆」的狀態下，不會那麼容易走出來的，妳到底看到了什麼？為什麼不能告訴我？」。

小柔因為小時候的經驗，所以只能以沉默應對阿煌的問題，最後換來阿煌失望的眼神，繼而默默地轉身回到他自己的房間。小柔看著阿煌的身影，她知道這場「青澀之戀」將會無疾而終。

躺在床上的小柔摸著胸前的十字架默默地祈禱著阿光阿明能夠平安無事。到了半夜，小柔覺得胸口悶著，好像有什麼東西壓著她。張開眼睛卻看到讓她驚恐的一幕──她看到一堆黑影壓在她的身上！小柔張開嘴巴想大喊出來，卻一點聲音也發不出來，

身體也動彈不得。這個經驗多麼的熟悉啊！雖然這次沒有一張恐怖的臉貼著她，但是有一堆呆滯的臉孔輪流來貼著她，每一張臉孔靠過來時，她的腦袋都會浮現出一個人被虐打的情景，被打的人屬於中老年的人，而打他的人全是十多歲的青少年，打完他們後，每個青少年都會高高地舉起一本小紅簿，然後對著某一方向吶喊，就好像某種邪教的儀式般。這些影像是沒有聲音的，小柔聽不到內容，但是她隱約猜到發生什麼事情，一些她在國內近代史書中看過的片段。最後小柔在心裡一直呼叫她的神，一直祈禱著快點結束，時間也不知道過去了多久，慢慢地她又睡著了。

第二天醒來整理好旅行袋，準備出發去七星岩時，小柔卻聽到靜姨和阿輝四兄弟半夜趕回香港，原因是阿光半夜開始口吐白沫，導遊小娟拜託飯店的一個職員開車送他們去海關。

幾天後七星岩旅遊團結束了，這次的旅程因為靜姨一家人的事情，整個旅遊團也很鬱悶。小柔她們終於回到家了，小柔媽媽立即致電給靜姨，關心阿光他們的狀況，結果聽到不幸的消息——阿光和阿明回港後一直昏迷不醒。阿光的祖母認為阿光他們遇到"不潔"的東西，故此去找"問米婆"詢問因由。

"問米婆"給出的答案是阿光他們冒犯了先人的安寧，問他們是否對先人做一些不敬行為，阿輝才說出當時阿光人有三急在草

叢小便，"問米婆"說這就是不敬的行為啊！因為阿光小便的位置剛好放了一堆靈骨塔，那些尿液全都灑在上面，讓靈骨塔的主人大怒，所以那些靈魂說絕不會原諒阿光，更要取走他的靈魂！

至於阿明因為年紀太小，受到陰氣侵入，所以會大病一場，病癒後身體也會變得異常虛弱。而當時在場的人也會受到陰氣影響，全部會變得運氣不好和身體虛弱。靜姨聽完後立即昏倒在場，阿輝他們立即送她進醫院。

小柔媽媽告訴小柔這個消息後，也特別的問小柔身體狀態，有沒有那裡覺得不舒服。小柔回答說完全沒異樣，小柔媽媽放下心來。其實從那天之後小柔每天晚上卻承受著鬼壓床之苦，她卻不敢向媽媽吐露出來。

一個月後，阿光終於離開世上了，而小明最終也沒有醒來，變成了植物人。靜姨最後承受不了這個打擊，精神崩潰了，更被送進精神病院。阿輝和阿煌覺得小柔隱瞞了一些狀況，因此斷絕了和小柔的來往，讓小柔內心充滿了無奈與難過。

故事四：

十八歲的與魔鬼面對面

正當小柔在床上輾轉反側時，聽到一種來自動物的呼吸聲，當中也夾帶〝嚕嚕〞的聲音，偶爾也聽到低沉的〝吼吼〞聲音。而且也聽到動物在來回走動的聲音。

這讓小柔的精神來了，她專心的聽著，發現那隻動物不是狗，是比狗更大型的，而且一直在走廊內徘徊。

「奇怪了，半夜三更的怎會有大型動物在走廊走動，沒有人管理的嗎？」當小柔心裡納悶著，突然想起她住的大廈是不能飼養寵物的！

「可能是偷養的吧！」小柔只能想到這個原因。她回頭看一下床頭櫃上的鬧鐘，發現已經快凌晨三點了。

「哎呀，已經那麼晚了，明天還要早起去上班呢！」小柔心中嘀咕著，抱起她心愛的毛娃娃埋頭進去準備入睡。

就在這時，突然〝嘶嘶〞的聲音從大門的方向傳來，就像有什麼尖銳的東西在刮大門，小柔立即從毛娃娃裡抬起頭來，起身走出房間，來到大門前仍然聽到那種〝嘶嘶〞的聲音，小柔確定門外是有一隻動物正在刮她家的大門，她鼓起勇氣往大門走去，從防盜眼往門外看，卻發現什麼都沒有。

「難道是我聽錯了嗎？」當小柔狐疑地轉身正想回自己的房間時，門外突然響起了〝吼〞和夾雜著〝嘶嘶嘶〞的聲音，這些聲音又大聲又急速，連大門都震動起來，就像門外有隻野獸正在很用力地挖開她家的大門，然後要衝進來一樣。

這突如其來的變化，嚇得小柔高聲尖叫「啊啊啊！」。小柔的媽媽聽到小柔的尖叫聲，從自己的房間出來，卻看到已經坐在地板上抱著頭一直在尖叫的小柔。

小柔的媽媽立即跑到小柔身旁緊張地問：「妳怎麼啦，半夜三更的在尖叫，這樣會引來鄰居投訴的，快起來啊！好好的不睡覺，坐在地板做什麼？」。

從小柔媽媽出來以後，那些在大門外的聲音立即消失，連原本大門的震動都停下來。小柔慢慢從自己的臂膀中抬頭，看著媽媽就忍不住哭了出來，說：「妳沒聽到嗎？門外有什麼動物在吼叫啊！牠好像要衝進來呢！」。

「沒有啊，現在大半夜的，那有什麼動物吼叫，九成是妳幻聽吧！」小柔的媽媽沒好氣地回答小柔。

「三更半夜的不睡覺，明天不用上班嗎？妳快回房間睡覺去吧！不要再亂說話了。」小柔的媽媽邊扶小柔起來邊唸她。

這時的小柔已經十八歲了，也已經畢業邁進社會上班了。

「呵～～欠～～」小柔吃飽午餐後，大大的伸了一個懶腰，嘴巴張得大大的打了一個呵欠，坐在隔壁的同事美娟挨近小柔關心地問道：「小柔妳這幾天怎麼啦？一直打呵欠，還有看看妳的黑眼圈，好大的一雙熊貓眼啊！妳晚上睡不好嗎？」。

「沒…沒事啦，因為晚上太熱所以睡不好而已！」小柔強笑著道。

「唷！不跟妳聊了，趁午餐時間還有半小時，我想補眠一下啊！」說完小柔立刻扒在自己的辦公桌上補眠去。

美娟也不好意思繼續拉著小柔問下去，只好說：「好吧，妳沒事就好，妳快睡吧，我不吵妳了。」，說完後她自己也扒在辦公桌上睡下了。

埋在自己臂膀裡的小柔，心中無奈地想起過去幾個晚上，被那隻不知道是什麼種類的動物一直在自己家的門口徘徊，偶爾還吼叫，吵得她沒法入睡。為了這個小柔也多次問過媽媽有沒有聽到，結果答案是被罵是幻聽。

如是者過了一星期，突然有一天那些動物走動和吼叫聲音全消失了，一切彷彿如平常一樣，小柔也樂得可以安眠，也沒將這事放心上。

「鈴鈴鈴鈴鈴鈴」一直急促的鐘聲響起來，小柔邊睜開睡眼，手就往床頭櫃上摸，想把鬧鐘關掉，結果摸來摸去也摸不著鬧鐘，就轉頭往床頭櫃的方向望去，結果她看到有一個黑影站在床頭櫃旁邊，用一雙充滿恨意和憤怒的眼睛一直瞪著她！

小柔被這突如其來的狀況嚇倒，她的身體整個僵硬起來，心中充滿恐懼，因為她看到一個全身都是黑色、臉部只有一雙眼睛而沒有其它器官的黑影！

讓小柔更驚恐的事也在此時發生，那黑影突然跳入小柔的身體裡。這個舉動讓小柔陷入極度恐慌之中，這時她立刻摸自己的肚子和身體其它地方，卻什麼感覺都沒有。可能那個黑影是虛的而不是實體，所以不管她怎樣做，小柔都沒辦法趕走在她體內的黑影。

她起身坐在床邊，先讓自己冷靜下來整理一下自己的思緒。這幾年她已經領洗成為基督徒，每個星期六、日都會去教堂，她決定星期六去找牧師詢問他要怎樣處理這件事情。

　　小柔做了決定後，心也跟著定下來，想想工作還是要去做的，便站起來去洗手間梳洗。一切彷彿沒有發生過一樣，但是她知道從現在起，自己已經變得不一樣了，也不知道這件事會為她帶來什麼樣的後果。

　　到了晚上，小柔如常的準備睡覺，但是晚上仍然很悶熱，在床上輾轉反側，過了很久，她才漸漸地進入夢鄉。

　　一陣麻痺感從腳部開始往上爬，小柔被這麻痺感驚醒，這感覺像是有生命的，而且一旦被麻痺了是完全不能動的，而它正往她的心臟那邊去。

　　這時小柔完全清醒過來，她知道這麻痺感不是一般身體狀態，她想起身也不能，因為雙腿已經沒辦法動。現在麻痺感已經來到大腿了，小柔心裡很著急，她猜想如果到達心臟時，那會是怎樣的後果！

　　躺在床上的小柔絞盡腦汁去自救時，往床的周圍望去，希望找到一些可以幫助她的物品，一本聖經正好進入她的眼內，聖經就在旁邊的櫃子中，她努力撐起上半身，左手往櫃子的方向伸出，手指終於摸到櫃子的邊沿，這時那股麻痺感已經來到肚子了，小柔的左手更努力地往櫃子的方向伸去。

好不容易拿到聖經了，小柔感覺這股力量是來自黑影的，而且她的第六感告訴她這黑影不是善類，和以前看到的靈魂不一樣，嚴格來說是更邪惡！她立即翻開聖經中耶穌趕鬼的那一段經文，希望聖經的經文能夠幫助她，當她開口唸著聖經經文時，那股麻痺感停止了往心臟的方向爬，反而開始往腳部那邊退去。

小柔感覺到身體有好轉，更不敢怠慢，一直重重複複地讀著聖經，直到身體沒有了那股麻痺感，但是她害怕它又重來。

不知道過了多久時間，小柔已經累到快要睡著，她側躺著然後將聖經放到枕頭上，右手放在聖經下面，左手放在聖經上面，小柔漸漸入睡。

突然她的左手被不知名的力量拉開，當她的左手離開聖經時，腳部的麻痺感快速的爬升，很快她下半身及左手已經麻痺掉了，驚醒後的小柔完全不知所措，正當她想用右手翻開聖經時，那股不知名的力量將她的頭往後拉。她的床是靠牆的，而靠牆的位置，小柔放了幾個毛娃娃，所以當她的頭被往後拉的時候，剛好撞在那些柔軟的娃娃上。雖然不痛但這突如其來的變化，讓小柔陷入極度恐慌，因為那股麻痺感一下子已經爬到胸口，兩隻手已經麻掉了，她完全不能動。

　　這次的侵襲又快又狠，讓小柔無力招架，當她苦苦思索著自救的方法時，她發現兩旁的環境開始出現變化，看到天花和周圍的境物越來越遠，就像她正往下墜落一樣，但是小柔是躺在床上啊！這個完全超出物理現象的範疇，讓小柔一時陷入絕望之中。

　　這一發現讓小柔更加肯定那個黑影不是善類，它是惡魔，它要拉走她的靈魂！現在麻痺感已經到達脖子了，兩邊的景物已然越來越遠，她開始墜入黑暗中。

　　「救命啊！我不要被拉入恐怖的黑暗啊！」小柔連發出聲音都不能了，只能在心中瘋狂地喊叫：「救命啊！誰可以來救我！」。

　　小柔努力地讓自己冷靜下來，她想起了之前是讀聖經的金句，那惡靈就退去了。想起來那剎那間好像見到希望之光，她心裡開始祈求她的主耶穌，讓她有力量去拿到聖經。她心裡重復地說：「主耶穌，求祢給我力量，讓我可以拿到聖經！」。

　　當她一直祈禱著，一直用盡全力地讓身體撐起來，這樣掙扎著，那股麻痺感已經來到臉部了，但是小柔沒有放棄，因為她相信她的主耶穌一定會幫助她！

　　突然「踫」的一聲，小柔的頭撞到聖經的邊角。當她的頭一接觸到聖經，那股麻痺感就像之前一樣迅速退去！

　　當小柔回復自由後，立即坐起來。現在的她睡意全消了，看看旁邊的鐘，已經是凌晨三時多了。小柔決定不睡了，將聖經放在腿上，一直唸直到天亮。

　　早上在洗手間梳洗時，小柔回想半夜的事情還猶有餘悸，也是她從未經驗過的，以前她看到的靈魂和黑影，都不是衝著她而來的，就像只是剛好接收到它們的磁場，所以她才看到它們而已，沒什麼交集。

　　但今次的事件是直接沖她而來，她一直思索著是否得罪了那方面靈體，結果是她沒有做了什麼，或是遇到了什麼不平常的事。如果真的有不平常的事的話，就只有幾天前半夜聽到動物的咆哮聲和它走路的聲音而已，這讓小柔覺得莫名其妙.

　　另外今次的黑影好明顯是屬於邪惡的靈，從它一而再要將她的靈魂拉走，可以看出是針對小柔而來的，這個更讓小柔摸不著頭腦！

　　「哎呀！到底它想對我做什麼啊！不要再糾纏我啊！」小柔心中感到無比的苦惱。所以小柔決定不能等星期六、日了，這天下班後，她直接去到教堂找牧師。

晚上下班後趕到教堂，剛好牧師吃完晚飯。牧師見到臉色蒼白的小柔時，有點驚訝地問：「咦，小柔怎麼那麼晚來教堂？有事找我嗎？」

小柔面帶慌張地說：「不好意思，梁牧師打擾你了！因為最近我出了點狀況，是不能用科學解釋的，所以只好來請教你了。」。

「來，先到我的辦公室。妳吃晚餐了嗎？」看到神色慌張的小柔，梁牧師用親切的語氣來援和小柔的緊張情緒。

「我…我還沒吃，不過沒關係，只是一心趕來找你。」因為最近接二連三發生一些無法解釋的狀況，已經讓小柔的情緒非常緊張了，故此當小柔聽到梁牧師溫柔而帶磁性的聲音，心中感到溫暖，口中自然地吐了一口氣。

「這樣餓著肚子不太好啊！需要先去吃晚餐後才再回來找我聊，好嗎？」梁牧師聽到小柔連晚餐都不吃就趕來找他，心中知道小柔的事情不是小事，但又想讓小柔冷靜下來才好開始了解她發生了什麼事，只好勸她先吃晚飯。

「不…不用了，真的不用了，我想先和你說完才去，而且現在的我也沒什麼胃口了。」小柔用堅定的口吻回答梁牧師。

「那好吧，妳進來吧！」梁牧師見小柔如此堅決，無奈地讓小柔走進他的辦公室。

小柔一坐下就將這幾天發生的事情一五一十的告訴給梁牧師聽。梁牧師聽著聽著，眉頭不自覺地皺起來，表情也越來越嚴肅。

終於小柔說完了，用期待的眼神看著梁牧師，因為小柔已經毫無辦法了。而梁牧師皺著眉低頭沉思了好一會，等他抬頭時，眉頭不皺了，更堆起了溫柔的笑容，但他對小柔說的話卻讓她的心情跌到谷底。

「坦白說我從來沒看到鬼啊、黑影啊這類的超自然現象的經驗，也不相信這些東西。是不是妳最近工作壓力太大？是否因為妳才剛畢業踏進社會，適應工作新環境會讓妳產生很大的壓力啊！所以才導致會出現這些影像的。我建議妳不如去看一些心理醫生，可能他們可以幫助妳呢！」說完後梁牧師仍然保持他溫柔的笑容看著小柔。

小柔聽到梁牧師的回答，心中感到極大失望，這分明是在否定她和不相信她！小柔一直以為可以幫助她的梁牧師竟然以為她是妄想症，這讓小柔感到傷心和失望。

常言道：越多的期待，就有越多的失望。小柔現在完全明白到這句話的真實性。

這時的辦公室陷入了無止盡的安靜，小柔沒有回應梁牧師的提議。在外表安靜如啞巴的她，其實她心中更湧現出很多問題：「他是牧師為什麼不信靈魂和魔鬼的存在？難道他只相信神的存在？而其它一切超自然現象都不相信？聖經中明明寫得那麼清楚有魔鬼的存在，難道他也不信嗎？」。

小柔一直低頭沉默，心中充滿了被出賣和委屈的感覺而默默地流著淚。梁牧師看到小柔在飲泣，他只好柔聲道：「妳不要難過了，如果妳不想看心理醫生的話，我剛好認識一位傳道人，他一直以來都在幫助那些因有超自然現象而又有需要的人。他會和他的小組幫人做一些驅趕邪惡勢力的祈禱的。雖然我不相信這些事情，但是也有其他人是相信的。啊…這裡我有他的名片可以給妳，妳找他試試看吧！」。說完就遞給了小柔一張名片，小柔知道眼前的梁牧師不能幫助她，只好接下他給的名片並道謝。

走出教堂後，小柔回頭看了一眼，心中充滿了失望和無助，更多的是徬徨，原本以為梁牧師可以幫助她解決那個黑影，結果是他完全不相信她話。小柔看著手上的名片，上面寫著陳忠誠這個名字和聯絡電話，小柔心中只好再一次燃起期待的火。

回家後立即聯絡這位陳忠誠傳道人，小柔在電話內大約說了一些關於自己有超自然的事要解決。陳忠誠聽到後顯得很興奮，急著約了第二天晚上見面再談。此刻小柔心裡覺得有點諷刺，一個她相信的人，最後讓她失望而回；反而一個陌生人則對她的事充滿好奇和信任。

第二天晚上小柔和陳忠誠約在一家速食店見面，順便一起晚餐。小柔因為跟陳忠誠是第一次見面，進到速食店立即尋找一個單身的男生，不多久就看到一位年約三十歲左右的，生得高高瘦瘦和帶著金絲眼鏡的男生往小柔方向走去。

這男生滿臉笑容問小柔：「請問妳是不是小柔？」。

小柔打量著他回答：「你…你就是陳忠誠？」。

男生有點不好意思的摸著自己的頭髮說：「對啊，第一次見面呢，妳不用怕，我是傳道人，昨晚梁牧師也有打電話跟我說明妳的情況。」。

小柔有點不爽地問陳忠誠：「他有說我是妄想症嗎？」。

陳忠誠連忙耍手搖頭說：「沒有，沒有，他只是說妳需要我的專長來給妳一些意見，其它的都沒說，而且我平時也是要聽當事

85

人自己親自說明的。來吧，我們先找個位置坐下來，然後妳慢慢
地跟我說發生什麼事。」

　　看到陳忠誠一臉緊張兮兮地解釋，小柔心裡覺得這個傳道人
有點攪笑。也覺得剛剛自己有點反應過度，就堆起了笑容說：「好
了，我明白了，現在肚子好餓，我們可以邊吃邊聊嗎？」

　　陳忠誠隨即放鬆下來，連忙說：「好，當然好，那我們一起去
排隊吧。」緊張的氣氛就慢慢的消退，他們就一起去排隊買晚餐去。

　　他們就真的邊吃邊聊，陳忠誠安靜地聽完小柔的靈異經歷。
他帶著興奮的腔調說：「嘩！妳這些經歷真的很好。我曾接觸不少
被附身或者是被詛咒的人，不管他們是不是基督徒，我都盡全力
幫他們做釋放祈禱的⋯」。

　　小柔聽到這句話，心中燃起了希望就打斷了他的話問道：「那
麼我的情形，是不是可以用釋放祈禱就可以讓那個黑影離開我的
身體？」

　　陳忠誠被小柔打斷了他原本要說的話，再聽到小柔的問題，
立即回答說：「不是的，我原本想說邀請妳參加我們的釋放祈禱小
組，因為妳是可以感受到在場的空間有沒有魔鬼或靈魂的存在，
對我們來說非常方便的。平常要分辨那些人是真的附魔還是精神

有毛病是要花很長的時間的，有了妳的加入，會讓我們更準確地辨別出來。」說完，陳忠誠用無比期待的眼神看著小柔。

這時小柔卻有種莫名的憤怒沖口而出說：「什麼？我現在是需要你們的幫助啊！怎麼是反過來去幫助你們呢？而且你這樣說來，我以前的經歷都是真的嗎？那些黑影到底是什麼東西？為什麼那個黑影要攻擊我？更想將我的靈魂拉走？這些我都希望你能給我答案啊！」。

被小柔一連串問題擊倒的陳忠誠用無奈的語氣打斷小柔的問題道：「唉！妳先別那麼激動！」。

「不激動才怪，被攻擊的又不是你！」小柔心裡嘀咕著。但是她還是忍耐住自己的情緒，聽他如何解釋。

「坦白說妳這個情況，我真的沒遇過，以前我的經驗都是那些人去玩神打，最後反被那些自己邀請附身的惡靈賴著不走，我們才去幫忙驅走那些惡靈。而且一般來說那些惡靈都有人類或神仙的形態來顯示。妳這種純粹是一個黑影出現的形態以及被妳看到它直接跳到你身體中的情形，我是沒遇過，也沒聽說過，所以我估計…」陳忠誠第一次皺著眉對小柔解釋。

「所以你估計是什麼？」小柔焦急地催促陳忠誠。

　　陳忠誠無奈地看著小柔說：「只能說是神給妳的考驗！」。

　　小柔瞪著眼睛看著陳忠誠，用疑惑的口吻問：「神的考驗？用黑影來考驗我？為什麼要考驗我？」。

　　陳忠誠坦然地說：「這個我就不知道了，神的旨意我們是猜不透的。神會用魔鬼考驗人，妳不是第一個啊！在聖經舊約的約伯傳就是一個很好的例子，妳不信的話，自己去查看聖經。而且這個黑影有那麼大的力量可以拉走妳的靈魂，不是一般的靈魂可以做到的，所以有很大的機會是魔鬼。另外，妳最近是不是特別的虔誠？」

　　「為什麼你這樣問？」小柔不解地問道。

　　「妳先不要急著問為什麼，妳先回答我的問題。」陳忠誠安撫著小柔道。

　　小柔細心地回憶，然後說：「也算是啊，每個星期六日我都會去教堂幫忙，還有查經班、詩歌班我都有參加。現在在教堂我算是活躍的一份子啊。」

　　陳忠誠拍了自己的大腿一下，然後用輕鬆的口吻說：「那就對啦，因為妳一直對神那麼虔誠，所以才會考驗妳呢！因為虔誠是

關鍵啊！所以現在呢，妳只要繼續做好妳的基督徒的本份，千萬不要掉入魔鬼的詭計啊！」

小柔看著陳忠誠那麼輕鬆，心底的徬徨沒有消失，反而多了更多的問題，只好無奈說：「那就是我現在算是無解吧？只能安然接受這次考驗？對吧？」

「對！妳現在只能每天努力祈禱，安然度過每一天。呃，妳到底有沒有興趣來我們小組幫忙呢？我們真的好需要妳啊！」陳忠誠又用無比熱切期待的眼神看著小柔。

小柔帶着無奈的表情冷淡地回答：「我現在自身難保，我不想惹更多的邪靈或魔鬼來糾纏我，所以我不會參加你們的小組。」

剛剛陳忠誠用了多少的期待，現在就用了多少的失望看著小柔說：「哎，既然妳都這樣說，我也不好勉強。那好吧，希望妳今次能順利過度考驗。要加油啊！」。

正當小柔帶著失望的表情站起來轉身離開時，陳忠誠突然叫住小柔：「小柔，妳不用那麼失望吧，關於妳那雙特別的眼睛和特別的感應力，還有妳現在遇到的狀況，我會試著去找天主教的神父查詢，因為天主教面對魔鬼的經驗比我們豐富，可能會找到解決方法或說法的。」說完就大力地拍小柔的肩膀。

　　小柔給他一個苦笑，然後說：「那就謝謝你啊！再見！」，揮揮手後離開速食店。

　　小柔站在街頭上，茫茫然不知道怎麼辦，想到晚上睡覺時那個麻痺會不會又來侵襲她。想到這裡，口中呼了一口氣，仰望黑漆漆的天空，心裡對神呼喊說：「主耶穌，請祢救救我吧！不管這個是不是祢的考驗，起碼讓我能安睡吧！」

　　說來也奇怪，自那天以後，那個麻痺感沒有再侵襲小柔，連黑影也不見。

　　小柔猜想是不是現在她臨睡前讀一次聖經，有時候更抱著聖經睡。所以才沒有事情發生，不管如何小柔終於可以安眠，但是她不敢掉以輕心。

　　過了一個月相安無事，小柔也淡忘了那個黑影的事。今天工作不用加班，所以難得可以回家吃飯，當小柔踏出電梯時，一股濃烈的燒東西的味道直撲小柔的臉上。

　　「咳咳…咳…咳咳…」小柔被嗆得一直咳嗽，眼睛也在找那裡有什麼東西燒起來了。最後她發現是住在她家對面的老婆婆在走廊上燒紙錢。小柔覺得奇怪，今天又不是中國傳統節日，怎麼老婆婆晚上就燒紙錢呢？

小柔回到家後，在廚房的媽媽走出來說：「回來啦，快換衣服，很快就可以吃晚飯了。」說完就轉身回到廚房繼續忙。

坐在飯桌前的小柔準備吃飯時，順口問媽媽：「今天是什麼節日？怎麼對面的老婆婆在燒紙錢？」

媽媽看一下門口的方向，壓低聲音說：「好像她遇到什麼髒東西啊！」

小柔心中"瞪"一下，試探地問媽媽：「什麼髒東西？老鼠嗎？但和燒紙錢有什麼關係？」

小柔媽媽瞪了小柔一眼說：「亂說什麼老鼠，髒東西就是那種鬼東西啊！老婆婆已經燒了好幾天紙錢啦，昨天我實在受不了那個煙味，就問她發生什麼事，結果老婆婆說之前半夜都聽到腳步聲，一直在走廊上來來回回走動，吵得她不能睡覺。老婆婆試過打開門看，又看不到有人走動，關門後那個腳步聲又出來了，結果嚇到老人家開始晚上燒紙錢。說來又奇怪，自從老婆婆燒紙錢以後，晚上的腳步聲變少了，所以老婆婆說那就每晚都燒給在外面的髒東西，好讓她可以睡覺啊！唉，這樣燒下去，都不知道那時候才完結。」

小柔媽媽說完後，對小柔說：「不管老婆婆說的是不是事實，最近妳盡量早點回家吧！怕妳太晚遇到不好的東西啊，知道嗎？」

小柔滿懷心事的回答說：「嗯，知道了，盡量吧，有時工作上的事不是我可以決定的。」

忽忽吃完飯，小柔在門上的防盜眼看著老婆婆在燒紙錢，好像有看到老婆婆口中唸唸有詞的，只是不知道她在唸什麼。小柔不再看老婆婆，回到房間坐在床上思索著之前聽到的腳步聲，是和老婆婆聽到的是一樣的嗎？但是又好像不是，因為小柔聽到的是動物的腳步聲，但老婆婆聽到的好像是人的腳步聲，這讓小柔困惑不已，但是也證明了那天她不是幻聽，卻又奇怪最近她沒聽到了，反而是老婆婆聽到。最後小柔放棄去想，很多事情已經不能解釋了，唯有最近早點回家好了。

到了十二月，冬天來臨了。星期日小柔參加完教會的崇拜，就和教會裡認識的好朋友慈恩一起吃午餐。慈恩年齡比小柔小兩歲，現在還是高中生。

這天天色陰暗，天空佈滿灰色的雲，感覺是要下雨但又下不出來的感覺，整體空氣都比較壓抑。

小柔仰望著天空，有點發愁說：「噢，今天太陽不出來了，天空都是灰雲呢，都不知道會不會下雨，還想去公園走走的呢！」

慈恩看看小柔又看看天空，提議說：「小柔姊姊不用發愁啊，今天我家裡沒有人，妳可以來我家玩啊，聊天玩桌遊都隨便妳。我媽要很晚才回家啊。好不好？」說完就挽著小柔的手臂一直搖。

小柔原本是獨生女，沒有兄弟姊妹，自從和慈恩相熟後，當她是自己的妹妹看待，所以對她的邀請絕對不會推遲的。

「好啦，好啦，我快被妳搖散了。但我們先到超級市場買些飲料和零食，才去妳家吧！」說完就摸摸慈恩的頭，兩個手牽手的往超級市場去。

過了幾個小時，大約四時多的時候，小柔和慈恩雙雙坐在床上，面對面聊天，她們在商量著晚餐要吃什麼，還是等慈恩的媽媽回來再決定。

當小柔拉著慈恩的手專心聽著她說話時，突然覺得頭有點暈，大約一眨眼的時間，小柔彷彿感到自己的身體變輕，而且慢慢往上升。因為頭暈的關係，小柔感到一切都是朦朦朧朧的，直到她聽到自己的聲音（高了最少八個音）開始說話。小柔整個精神都集中了，眼睛看東西也比較清楚了。

　　但是這個清醒卻讓小柔心膽俱裂——因為她的靈魂好像出竅了！

　　為什麼這樣說，因為她看到自己升到屋頂，居高臨下地看著慈恩和自己！？

　　還不止這樣，她還看到自己的頭頂！小柔怎樣也想不到可以用那種方式看到自己的頭頂！而且那個〝自己〞還在跟慈恩說話！

　　更奇怪的是，她還是感覺到自己的雙手、眼睛和喉嚨。小柔現在覺得自己的眼眶有點痛，因為那個〝自己〞一直很用力將她的眼睛撐大。另外她感覺到自己的手變得很冰冷，尤其是手指尖，雖然是冬天，但氣溫最低是十至十五度左右，不至於那麼冰冷。還有她的喉嚨好像被火燒的那麼痛，而那個〝自己〞一直用高八度的聲音在說話和笑。

　　那個笑聲讓小柔感到無比恐怖，是達到毛骨悚然的地步，那麼高音又充滿嘲弄的。而且那個〝自己〞說的每一句話再配合那種笑聲，都讓小柔雞皮疙瘩！

　　幸運的是當慈恩看到這個〝小柔〞的變化，一點都沒有退縮，一直堅定地握住小柔的手，口中一直背誦起聖經金句，但是那些

94

聖經金句都不是太有聯繫的，好像是慈恩想起那句就背誦那一句而已。

這一切發生得太快，小柔聽到那個〝自己〞說：「妳在做無用的事，妳以為說這些就可以救得了她了嗎？哈哈哈……妳不可能救得了她，她的靈魂是屬於我的！妳這樣做是徒勞無功，嘻嘻……」小柔覺得無助極了，她沒辦法去控制自己的身體，也不知道如何讓自己的靈魂回到身體裡去。

這時小柔發現她們周圍好像多了一層的霧，但那團霧是黑色的。過了片刻那團霧開始各自分散又合併，漸漸看出來是一個個人形的黑影！

小柔看到那些黑影越來越多，一層又一層地圍著小柔和慈恩。看到此情形，小柔不禁尖叫起來。這一叫，好像驚醒了那些黑影，它們一起抬頭望向小柔在天花的位置。小柔見到他們一起望向她，看到它們全都是只有一雙眼睛，全都是空洞的眼神，但有一種不協調感，因為它們嘴部的位置是裂開來的，就像笑起來一樣。小柔面對這一群黑影如此詭異的面容，實在太恐怖，她惟有將眼睛閉起來，完全不敢再看下去。

這時，那個〝自己〞笑得天花亂墜，小柔看到慈恩閉起雙眼，不搭理這個〝小柔〞，專心地背誦聖經金句。看到慈恩那麼努力

的幫助自己，在屋角的小柔靈魂收拾好自己的情緒，也開始了她的禱告：「親愛的主耶穌基督，我現在是如此的無能和無助，也不能掌控自己的身體，更不知道如何回到自己的身體裡，但是我想用嘴巴來讚美祢！」

那個笑聲持續著，小柔讓自己專心的去祈禱，她在想怎樣去讚美耶穌，突然她想起了最近學的一首詩歌，小柔很喜歡這一首詩歌，因為歌的旋律很優美，歌詞也很簡單。

小柔遂開始唱——當然這時她不能用自己的嘴巴唱出來，但她也管不了那麼多了。

〝Sing Hallelujah to the Lord……〞

小柔一直唱、一直唱，而那個〝自己〞一直夾著恐怖的笑聲在說話。

小柔閉著眼專心的唱著詩歌，不去聽那個〝自己〞的聲音。過了不知道多久，忽然小柔聽到自己的歌聲，是從小柔的嘴巴發出來的聲音啊！

她張開眼睛，發現她回到自己的身體了，手也開始變溫暖了，只是眼眶和喉嚨還是很痛。這時慈恩聽到她的歌聲也張開眼睛，

看到正常的小柔時，她嘩的一聲哭了出來，邊哭邊說：「太好啦，那個它終於走了。」

小柔忍不住抱住慈恩，和她一起哭。也是邊哭邊說：「是啊，我終於回來了，沒事了，對不起讓妳受驚啦！也謝謝妳沒有丟下我跑掉，也謝謝妳一直背誦聖經經文！」

慈恩止住了哭，關心地看著我說：「妳回來就好，剛剛的妳變得好可怕，妳的眼睛睜得老大，而且妳的眼白部分都變成咖啡色了，我看到的明明是妳的人，但感覺妳完全變了，彷彿妳身體裡的靈魂換來了一個魔鬼似的，所以我趕快背誦我記得的聖經金句啊！而且妳的笑聲和說話聲音都很高音，內容很恐怖啊！妳到底發生什麼事？啊！妳還是先去洗臉吧，妳流了很多汗呢！等妳出來再告訴我吧！」。

小柔站起來到洗手間洗臉，當她看著鏡子的時候，她看著鏡子的自己，仔細的看著，發現鏡子裡的她眼神變了，嘴巴也笑起來，但是那個笑容很詭異。

（完）

國家圖書館出版品預行編目資料

靈視筆記 / 米迦勒（Annie） 著.—初版.—
　臺中市：天空數位圖書　2021.07
　面：14.8*21 公分
　ISBN：978-986-5575-46-5（平裝）

863.57　　　　　　　　　　110012129

書　　　名：靈視筆記
發　行　人：蔡秀美
出　版　者：天空數位圖書有限公司
作　　　者：米迦勒（Annie）
編 輯 公 司：亦臻有限公司、瑪加烈
出　　　品：傑拉德有限公司
版 面 編 輯：採編組
美 工 設 計：設計組
出 版 日 期：2021 年 07 月（初版）
銀 行 名 稱：合作金庫銀行南台中分行
銀 行 帳 戶：天空數位圖書有限公司
銀 行 帳 號：006-1070717811498
郵 政 帳 戶：天空數位圖書有限公司
劃 撥 帳 號：22670142
定　　　價：新台幣 240 元整
電子書發明專利第　I　306564 號
※　如有缺頁、破損等請寄回更換

紙本書編輯印刷：
電子書編輯製作：
天空數位圖書公司　E-mail：familysky@familysky.com.tw　http://www.familysky.com.tw/
地址：40255台中市南區忠明南路787號30F國王大樓　Tel：04-22623893　Fax：04-22623863